Née à Londres en 1[...] journaliste, puis publie [...] en 1964. Elle est auj[...] [...] des plus grands auteurs de romans policiers, à mi-chemin entre Agatha Christie et Patricia Highsmith.

Elle a obtenu un Edgar pour *Ces choses-là ne se font pas,* le Prix du meilleur roman policier anglais avec *Meurtre indexé* en 1975, le National Book Award en 1980 pour *Le Lac des ténèbres,* et le Prix de la Crime Writers Association pour *L'Enveloppe mauve* en 1976. En France, elle a obtenu le Prix du Roman d'Aventures en 1982 pour *Le Maître de la lande.*

Paru dans Le Livre de Poche :

L'ANALPHABÈTE.
LE MAÎTRE DE LA LANDE.

RUTH RENDELL

Le Lac des ténèbres

TEXTE FRANÇAIS
DE MARIE-LOUISE NAVARRO

LIBRAIRIE DES CHAMPS-ÉLYSÉES

Titre original :

THE LAKE OF DARKNESS

*Néron est pêcheur à la ligne
dans le lac des ténèbres...*

Le Roi Lear

CHAPITRE PREMIER

Le scorpion est mataphysique, putréfaction et mort, régénération, passion, luxure et violence, perspicacité et profondeur, héritage et perte, occultisme, astrologie, emprunt et don, possession des autres. Ceux qui sont nés sous le signe du scorpion sont magiciens, astrologues, alchimistes, chirurgiens, esclaves, entrepreneurs des pompes funèbres. La pierre précieuse du scorpion est la topaze. Sa plante, le cactus. Sa partie du corps, l'appareil génital, son arme la douleur et sa carte dans le tarot est la mort.

Finn partageait avec l'empereur Tibère son jour anniversaire de naissance : le 16 novembre. Un ami de sa mère, qui était devin et qu'elle avait rencontré dans un hôpital psychiatrique, lui avait prédit qu'il vivrait jusqu'à un âge avancé et connaîtrait une mort violente.

Le matin de son 26e anniversaire, l'un des enfants Kaiafas vint lui apporter l'argent dans un paquet. Il frappa à la porte de Finn. Quelqu'un, en bas, lui avait, sans doute, ouvert. Kaiafas ignorait que c'était son anniversaire. Finn comprit que ce ne pouvait être qu'une coïncidence. Il ouvrit le paquet et contrôla. Le compte y était : deux mille cinq cents livres en billets de dix livres. Maintenant qu'il avait l'argent, il devait faire son travail et autant commencer tout de suite.

Il était trop tôt pour aller voir Lena. Elle aimait dormir tard le matin. Non qu'elle lui reprocherait de la réveiller le jour de son anniversaire, au contraire, elle aurait aimé qu'il le fît, mais il préférait quand même s'en abstenir. Il mit l'argent en sûreté et descendit.

Finn était très grand, maigre et pâle. Il aurait presque été albinos si ce n'avait été la couleur grise de ses yeux. Il était remarquable que des yeux d'une nuance aussi insipide fussent aussi perçants et brillants comme de l'argent poli. Dans son enfance, ses cheveux avaient été de ce blond très pâle presque blanc, propre aux albinos, mais par la suite, ils étaient devenus d'un beige grisâtre. Si son visage était fort ordinaire, ce n'était pas vrai de ses yeux.

Sous une longue vareuse, il portait un pantalon en coton bleu, une chemise à carreaux, une veste en velours et, autour du cou, une des écharpes noires et triangulaires, avec des piécettes dorées cousues sur un côté, que portent les femmes grecques. Il tenait à la main une boîte à outils en métal. Finn avait un long cou délicat et une petite tête. Ses poignets et ses chevilles étaient minces, mais ses mains étaient anormalement développées.

Il monta dans sa camionnette garée devant chez lui dans Lord Arthur Road. La rue était bordée de curieuses maisons de style gothique avec des pignons à redans et de grandes demeures victoriennes en briques rouges ainsi que de vieux immeubles hauts et étroits recouverts d'une couche de plâtre verdâtre.

Finn ne s'intéressait pas à l'architecture. Il aurait aussi bien pu vivre dans une cave ou un grenier que dans sa chambre. Ayant enfilé ses gants, il démarra et partit en direction de la gare de Tufnell Park, en haut de la colline de Dartmouth Mark, dans la partie sud de Hampstead Heath.

Il était neuf heures et quart. Il passa sous le pont de la gare, remonta Savernake Road et s'arrêta à l'angle de Modena Road. De là, il pouvait surveiller la maison appartenant à Kaiafas, un petit immeuble de trois étages en briques rouges.

Les Frazer furent les premiers à sortir. Ils partirent ensemble, bras dessus, bras dessous. Cinq minutes plus tard, apparut Mrs. Ionides. Finn se souciait peu de ces gens-là. Il voulait seulement s'assurer qu'Anne Blake, qui prenait souvent un jour de congé, était sortie.

Elle émergea de la porte à neuf heures et demie et se dirigea, comme les autres, vers la gare.

Finn possédait une clé de la maison de Modena Road et y entra sans peine. Sa présence en tant qu'employé du propriétaire était parfaitement légitime, bien que ce qu'il avait l'intention de faire ne le fût pas.

La sœur de Kaiafas, Mrs. Ionides, occupait le rez-de-chaussée et les Frazer le premier étage. Les Frazer avaient accepté deux mille livres de Kaiafas pour partir à la fin du mois. Mrs Ionides ferait ce que voudrait Kaiafas et il l'avait persuadée de retourner à Nicosie pour soigner leur vieux père.

Kaiafas s'était renseigné auprès d'un agent immobilier. La maison voisine, identique à la sienne, s'était vendue soixante mille livres en août dernier et les prix ne cessaient de monter, mais l'agent immobilier lui avait bien fait remarquer que l'immeuble était libre de toute occupation. Kaiafas avait tout raconté à Finn. C'était ainsi qu'il était au courant.

Il se glissa dans l'entrée de Mrs. Ionides, puis dans

9

son salon où l'un des cordons de tirage de sa fenêtre s'était cassé un ou deux jours plus tôt. Il remplaça le cordon. Puis il monta au premier voir ce qu'il pouvait faire pour la fenêtre de Mr. Frazer qui laissait filtrer la pluie. Cela l'occupa jusqu'à l'heure du déjeuner.

Il avait emporté son repas dans un pot de grès. Ce n'était pas lui qui aurait mangé un hamburger avec des frites et bu du thé noir. Dans le pot en grès, il y avait un mélange de fruits grossièrement coupés, de levure et de yaourt que Finn mangea avec une tranche de pain noir. Il but aussi le contenu d'une boîte de jus d'ananas. C'était son fruit préféré.

Après son repas, il s'assit, les jambes croisées, sur le tapis et commença une séance de méditation. Bientôt, les yeux fermés, il éprouva une sensation de lévitation qui le porta jusqu'à la hauteur du plafond d'où il apercevait à travers la fenêtre des Frazer, les hauteurs verdoyantes de Hampstead Heath qui se détachaient sur le ciel gris.

Cette méditation quotidienne avait toujours sur lui un effet rafraîchissant. Il ressentait une merveilleuse impression d'énergie renouvelée qui courait le long de ses bras et apportait une sorte d'électricité au bout de ses doigts. Son aura était probablement très lumineuse, mais il ne distinguait pas les auras aussi bien que Lena et Mrs. Gogarty, aussi était-il inutile de regarder dans la glace.

Il reprit sa boîte à outils et monta au dernier étage. A l'encontre des Frazer et de Mrs. Ionides, Anne Blake n'avait pas donné au représentant de Kaiafas l'autorisation de pénétrer dans son appartement, mais Kaiafas lui avait remis une clé.

Finn ouvrit la porte d'Anne Blake, entra et referma la porte derrière lui. Les murs étaient tapissés d'un papier avec un dessin de William Morris représentant des boutons d'or et des aubépines sur fond bleu. La moquette était également bleue.

Anne Blake vivait là depuis que Kaiafas avait acheté la maison dix ou douze ans plus tôt et elle refusait de partir même pour une plus forte indemnisation que celle offerte aux Frazer. Elle avait déclaré à Kaiafas qu'elle ne partirait pas pour vingt mille livres et il ne pouvait l'y obliger, la loi étant du côté du locataire. Il n'aurait cet appartement, avait-elle ajouté, qu'en passant sur son corps. Finn eut un petit sourire dans la pénombre du hall.

Il ouvrit le placard entre la salle de bains et la porte du living-room et en sortit une échelle en aluminium. Elle était si légère qu'un enfant aurait pu la soulever d'une seule main. Finn la porta dans la salle de bains. La pièce était petite, pas plus deux mètres cinquante sur deux mètres. Au-dessus de la baignoire, dans le plafond se trouvait une trappe donnant dans un grenier. Sans cette trappe, Finn aurait dû choisir une autre méthode. Il dressa l'échelle, puis il alla dans la chambre. Il y avait la même moquette bleue et les murs étaient peints en gris argent. Il n'y avait pas de chauffage central dans la maison et chaque locataire utilisait son propre moyen de chauffage.

Anne Blake possédait un appareil électrique mural dans la cuisine, un chauffage au gaz dans le living-room et un radiateur électrique transportable dans sa chambre. Il n'y avait aucun chauffage dans la salle de bains. Finn brancha le radiateur électrique et quand il vit les deux éléments parallèles rougir. Il éteignit l'appareil.

Il grimpa ensuite à l'échelle et ouvrit la trappe, une torche à la main. La soupente contenait un réservoir à eau et un grand nombre d'objets hétéroclites devenus inutilisables. Finn était déjà monté là, une fois quand un tuyau avait gelé et une autre pour grimper sur le toit remettre des tuiles en place et il avait une idée de ce qu'il pourrait trouver, car il était observateur et avait une bonne mémoire. Il avança avec précaution en faisant courir le rayon de sa torche sur une pile de magazines, une rangée de pots en verre, une vieille machine à écrire, des morceaux de tapis roulés, des plats dépareillés et trouva enfin ce qu'il cherchait : un réchaud électrique. La fiche était branlante et les éléments étaient recouverts d'une couche de graisse. Finn redescendit avec sa trouvaille et emboîta une prise dans la fiche. Il ne se passa rien. Peu importait. Faire ce genre de réparation était un jeu d'enfant pour Finn.

Un vieux tuyau à gaz désaffecté passait derrière le réfrigérateur pour aller se perdre dans le grenier. Finn avait l'intention de l'utiliser. Il en coupa un morceau à environ dix centimètres au-dessus du sol, puis il retourna au grenier avec une ampoule de cent watts au bout d'un long fil. Il eut tôt fait de trouver l'extrémité du tuyau à gaz et se mit en devoir de couper le bout scellé. Tout en travaillant, il réfléchissait à la couardise des êtres humains, à leurs peurs, à leur réserve.

Finn possédait un sens de l'humour particulier, assez éloigné de ce mélange d'ironie et d'incongruité qui va généralement avec ce mot. Il avait été amusé par la façon dont Kaiafas, dans toutes leurs discussions, avait toujours évité de dire carrément ce qu'il attendait de lui. Il l'avait seulement laissé entendre.

– *Feen*, lui avait confié Kaiafas, je suis à bout d'arguments. Je lui ai proposé cinq mille livres – oui, cinq mille livres! – pour quitter la maison. Je l'ai suppliée à genoux d'accepter et qu'a-t-elle répondu? Qu'il était regrettable que je sois jamais parti de Chypre!

– Eh bien! Eh bien! avait murmuré Finn dont c'était la locution favorite.

Une expression d'une ineffable duplicité s'était lue sur le visage de Kaiafas. Finn avait aussitôt deviné ce qui allait suivre. Il avait déjà exécuté diverses besognes pour Kaiafas et d'autres, le genre de tâches qu'accomplit un homme à tout faire, mais jamais rien de cette envergure.

– Alors j'ai pensé que je ne lui ferai plus d'offre, avait repris Kaiafas, je ne donnerai pas cinq mille livres à cette dame. Je préfère en faire profiter mon ami *Feen*...

Cela n'avait pas été plus loin. De toute façon, Finn n'était pas homme à inviter aux confidences. Il avait seulement hoché la tête en répétant « Eh bien! Eh bien! » tandis que Kaiafas lui offrait un autre jus d'ananas en lui tendant la clé de l'appartement. Et aujourd'hui le premier versement de son salaire était arrivé...

Il avait introduit une longueur de fil électrique dans le tuyau à gaz et son extrémitié, derrière le réfrigérateur ne serait visible que pour un observateur attentif. Il restait encore dans la soupente trois ou quatre mètres de longueur de fil électrique. Finn était plus ou moins satisfait.

Quelques années auparavant, il aurait accompli sa tâche sans tout cet attirail compliqué, sans autant de manipulation. Il songea avec nostalgie à son adolescence et à sa puberté, une douzaine d'années plus tôt, quand sa seule présence dans une maison suffisait à déclencher une activité d'esprits frappeurs. Il s'en souvenait comme un autre se serait rappelé un amour juvénile.

Des briques volaient à travers les vitres, des tableaux tombaient des murs, une grosse pierre du jardin, que personne ne pouvait soulever, apparaissait brusquement au milieu du salon de Queenie. Ce pouvoir avait disparu avec la perte de son innocence, ou peut-être avec le hashisch qu'un garçon de l'école lui avait donné. Finn ne fumait jamais maintenant, pas même du tabac et il ne buvait pas d'alcool. Il ne le fallait pas si vous aviez l'intention de devenir un adepte, un homme puissant, un maître.

Il essuya la baignoire pour effacer toute trace de son passage et replaça l'échelle dans le placard. Puis il rangea le réchaud électrique dans un sac en plastique. Cela avait été une longue journée de travail que Kaiafas lui avait largement payée.

Les Frazer allaient revenir d'un instant à l'autre. C'était de peu d'importance pourvu que Finn fût sorti de l'appartement d'Anne Blake. Il referma la porte derrière lui. Il faisait sombre dans l'escalier, mais Finn n'alluma pas la minuterie. L'un des exercices auquel il s'exerçait consistait à s'habituer à voir dans le noir. Dehors, l'air était étrangement clair pour une soirée si couverte. Les lampes jaunes et blanches des réverbères ternissaient l'éclat de la lune.

Au moment où Finn mettait sa camionnette en route, il aperçut Mrs. Ionides qui traversait la rue et allait ouvrir la grille de la maison qu'il venait de quitter. Il remonta Dartmouth Park Hill en se glissant au milieu de la circulation.

La maison où Finn habitait était un ancien hôtel particulier qui avait connu des jours meilleurs. Il grimpa lestement un escalier plus large que celui de Modena Road. On entendait de la musique derrière les portes closes ainsi que des éclats de voix. Une odeur de cuisine et des senteurs de cannabis flottaient dans les couloirs. Finn passa devant la porte de sa propre chambre sans l'ouvrir et monta encore un étage.

Arrivé sur le palier, il frappa à la première porte et entra sans attendre de réponse.

C'était une grande pièce et non un appartement, bien que maintenant elle ait été divisée en trois, salon, chambre et cuisine. Finn avait lui-même monté les deux cloisons. On entrait par la cuisine où des étagères superposées contenaient divers ustensiles de ménage dans un équilibre précaire. Dans le salon, mesurant environ huit mètres carrés, d'innombrables petits objets, représentant une grande valeur pour leur propriétaire, étaient répandus sur toutes les surfaces utiles. Le fourneau à gaz était allumé. Dans sa cage, une petite perruche se balançait tandis que Lena consultait le pendule.

– Eh bien, Eh bien, dit Finn en s'approchant de sa mère pour lui prendre sa main libre. Ils ne s'embrassaient jamais. Elle eut un vague sourire, comme si elle ne le voyait pas ou apercevait quelque chose derrière lui. Il s'assit à côté d'elle.

Finn ne savait rien tirer d'un pendule, mais Lena avait une grande habileté pour s'en servir, exactement comme avec la baguette d'un sourcier. Ce don était probablement une des conséquences de ce que les gens à l'hôpital appelaient sa schizophrénie. Le pendule était constitué par un pendentif en verre suspendu au bout d'une ficelle. Quand Lena le posait au-dessus de sa main droite, il tournait dans le sens des aiguilles d'une montre et quand elle le plaçait au-dessus de sa main gauche, il tournait en sens inverse. Elle lui demandait de répondre par oui ou par non et elle notait les oscillations particulières. Le pendule venait de lui répondre à certaines questions. Elle soupira.

Lena était vieille pour être sa mère. Finn pensait parfois que l'on voyait la lumière à travers cette mince créature transparente. Ses yeux ressemblaient à ceux de son fils, mais le regard était plus doux. Ses cheveux qui avaient été aussi blonds que ceux de Finn enfant, étaient revenus à leur blancheur première. Elle s'habillait chez les nombreux brocanteurs qu'elle prenait tant de plaisir à fréquenter et dont les boutiques abondaient dans ce quartier. La plupart du temps, elle était heureuse, mais elle connaissait aussi des moments de terreur. Elle se croyait la réincarnation de Madame Blavatsky, ce que l'hôpital qualifiait d'impersonnalisation d'une héroïne de roman. Finn, quant à lui, pensait que c'était probablement vrai.

— As-tu acheté quelque chose aujourd'hui? demanda-t-il.

Elle hésita et eut un petit sourire malicieux. On aurait dit qu'elle cachait un secret qu'elle ne pouvait garder plus longtemps. Les yeux brillants elle s'exclama :

— C'est ton anniversaire!

Finn hocha la tête.

— Croyais-tu que je l'avais oublié? Jamais! Il y a quelque chose pour toi dans ce sac.

— Eh bien! Eh bien! dit Finn.

Dans le sac se trouvait une veste en cuir noir, râpée, usée, doublée de soie usagée. Finn l'enfila.

— Eh bien! Eh bien! répéta-t-il.

On aurait dit une veste militaire. Il boucla le ceinturon.

— C'est la meilleure affaire que tu aies jamais faite!

Le visage de Lena rayonna de plaisir.

— Je te recoudrai la doublure.

Il retira la veste avec soin, en évitant d'accrocher les bouquets de fleurs sèches et les bibelots en porcelaine. L'oiseau se mit à chanter.

— Qu'as-tu fait cet après-midi?

– Mrs. Urban est venue me voir.

– Eh bien! Eh bien!

– Elle avait une nouvelle voiture verte, de cette couleur qui brille comme de l'argent. Elle m'a apporté des chocolats et elle est restée prendre le thé. Elle a préparé le thé elle-même. Elle n'était pas venue depuis que tu as posé ce mur pour faire ma chambre.

– Cela lui a-t-il plu?

– Oh! oui, elle a trouvé que c'était plus intime.

– Eh bien, Eh bien, dit Finn, puis il ajouta : demande au pendule si cette année sera bonne pour moi.

Lena tendit le fil. Elle s'adressa au pendule dans un murmure comme si elle parlait à un enfant en lui faisant des recommandations. La boule de verre se mit à tourner dans le sens des aiguilles d'une montre à grande vitesse.

– Regarde, s'écria Lena, regarde! Tu vas avoir une année merveilleuse. Ton vingt-septième anniversaire... trois fois, trois fois... le pendule ne ment jamais!

CHAPITRE II

Dans le parking couvert de graviers devant la maison des Urban, étaient rangées les trois voitures de la famille. La Rover noire, la Vauxhall vert métallisé et la Triumph blanche. Dans le salon, les Urban étaient assis et buvaient leur sherry, de l'Oloroso pour Margaret, de l'Amontillado pour Walter et du Tio Pepe pour Martin. En les voyant ensemble, ils faisaient penser aux trois ours du conte enfantin, bien que « Baby Bear » en la personne de Martin, âgé de vingt-huit ans, ne fût plus en résidence à Copley Avenue.

Tous les jeudis soirs, Martin dînait chez ses parents. Il revenait avec son père de leur bureau, juste au coin de la rue. Ils prenaient leur sherry, deux verres chacun, car ils étaient attachés à leurs habitudes, puis ils dînaient et regardaient la télévision tandis que Mrs. Urban travaillait à son patchwork. Depuis qu'elle avait découvert ce travail, un an plus tôt, comme moyen thérapeutique propre à soigner sa ménopause, elle semblait perpétuellement accompagnée de petits hexagones fleuris. Le patchwork commençait à envahir la maison sous forme de coussins et de dessus de lit. Elle cousait calmement et son fils la fixait avec fascination tandis que son père discourait sur son sujet favori : l'impôt sur le transfert des capitaux.

Martin avait une nouvelle à annoncer. Bien qu'il la connût depuis plusieurs jours, il avait préféré différer le moment d'en parler et ses sentiments étaient assez confus. A une satisfaction naturelle se mêlaient un malaise et de la prudence. Il se sentait même un peu malade, comme on peut l'être la veille d'un examen ou d'une entrevue importante.

Margaret Urban tendit son verre pour le faire remplir. C'était une grande femme sculpturale, ressemblant au portrait de Clytemnestre par Seighton. Quand elle eut dégusté son sherry, elle coupa un morceau de fil et offrit à l'inspection de son mari et de son fils une longue bande d'hexagones rouges et pourpres reliés entre eux. Cela eut pour effet immédiat d'imposer silence à Walter Urban. Martin murmura que c'était là une combinaison de couleurs à laquelle il n'aurait pas songé. Sa mère poussa un soupir d'artiste incomprise et roula son patchwork avant de sauter sur ses pieds et de se diriger vers la cuisine pour surveiller ses casseroles.

– Mère, attendez une minute, dit Martin, j'ai quelque chose à vous dire.

Maintenant que le moment était venu, il s'expliqua avec gaucherie. Ses parents le regardaient dans un silence étonné. Mrs. Urban revint lentement sur ses pas, les yeux un peu écarquillés. Martin rit avec gêne.

– Je n'arrive pas encore à y croire moi-même.

– J'ai pensé que tu allais nous annoncer ton intention de te marier, dit sa mère.

– Me marier? Moi? Qu'est-ce qui a pu vous faire croire cela?

– Je ne sais pas, mais c'est une chose à laquelle on peut songer. Nous ne savions même pas que tu jouais aux pronostics sur les matches de football, n'est-ce pas, Walter? Combien dis-tu que tu as gagné?

– Cent quatre mille six cent cinquante livres et quarante-six pence.

– Cent quatre mille livres! Mais voyons, il ne doit pas y avoir bien longtemps que tu joues? Tu ne le faisais pas quand tu vivais ici!

– J'y joue depuis cinq semaines.

– Et tu as gagné cent quatre mille livres et même près de cent cinq mille livres! Ne trouves-tu pas cela absolument stupéfiant, Walter?

Un lent sourire détendit le beau visage de Walter Urban. Il aimait l'argent, moins pour le posséder que pour jongler avec, le faire multiplier, le préserver, en toute légalité, mais de façon subtile et raffinée, des griffes du fisc. Il aimait la pure beauté que l'argent représentait comme une abstraction plus que comme des billets dans un portefeuille. Son sourire s'élargit :

– Je pense que cela appelle quelques félicitations, Martin, oui, de chaleureuses félicitations! Quel cachotier tu es! Même aujourd'hui cent mille livres représentant une importante somme d'argent, une très *respectable* somme d'argent! Nous avons encore cette bouteille de Piper Heidsieck de notre anniversaire, Margaret? Pourquoi ne pas la déboucher? Des gains de cette sorte ne sont pas imposables, évidemment, mais il faudra penser à la façon de les investir de sorte que tu n'auras pas trop à payer au fisc et si deux experts financiers ne peuvent trouver un moyen d'y parvenir, qui le fera?

– Va chercher ce champagne, Walter.

– Quoi que tu fasses, ne rembourse surtout pas

l'hypothèque sur son appartement. Souviens-toi que la détaxe sur le paiement des intérêts de ton hypothèque est une concession du gouverment de Sa Majesté qu'un célibataire dans ta position serait fou de négliger.

– Il ne va pas garder cet appartement. Il va s'acheter une maison.

– Il pourrait devenir souscripteur à la Lloyds.

– Il n'y a aucune raison pour qu'il n'achète pas une maison tout en gardant son appartement.

– Il pourrait acheter une maison en prenant une hypothèque de vingt-cinq mille livres.

– Va chercher cette bouteille de champagne, Walter. Voyons, mon chéri, qu'as-tu l'intention de faire de cet argent? As-tu des projets?

Martin en avait fait. Ce n'était pas le genre de plans qu'il considérait comme de bonne politique de divulguer pour le moment. Aussi n'en dit-il rien à ses parents. Le champagne fut apporté. Finalement, ils s'installèrent devant l'inévitable ragoût accompagné de pommes de terre trop cuites, suivi d'un pudding maison. Martin offrit dix mille livres à ses parents. Ils le remercièrent avec effusion, mais refusèrent.

– Jamais nous ne songerions à accepter ton argent, dit son père. Crois-moi, si tu as assez de chance, de nos jours, pour posséder un capital net de tout impôt, ne le lâche pas.

– N'aimeriez-vous pas faire une croisière autour du monde ou un voyage?

– Non merci, mon chéri, nous ne désirons vraiment rien. Je suppose que nous ne parlerons de tout cela à personne, n'est-ce pas?

– Je n'ai pas l'intention d'en souffler mot à personne d'autre que vous deux.

Martin observa l'expression d'intense soulagement de sa mère et cela, plus que toute autre chose, le retint d'ajouter qu'il y avait une autre personne à qui il se sentait obligé d'en parler. Il déclara seulement :

— Je préfère que cela reste un secret.

— Bien sûr, approuva Walter, ta mère a raison. Tu n'aimerais pas recevoir des lettres de solliciteurs. L'important sera de vivre comme si rien n'était arrivé.

Martin ne répondit pas. Ses parents continuaient à le traiter comme si ces cent quatre mille livres étaient le résultat d'efforts prodigieux ou d'un génie naturel et non un simple effet de la chance. Il aurait aimé qu'ils acceptent un présent ou une partie de cet argent. Cela aurait apaisé sa conscience et effacé le sentiment de culpabilité qu'il éprouvait toujours le jeudi soir quand il disait au revoir à sa mère pour rentrer chez lui. Après neuf mois, elle était toujours encline à demander pourquoi il avait préféré s'en aller de Copley Avenue pour aller vivre dans son appartement de Highgate Hill.

Il pénétra pourtant dans cet appartement du 7 Cromwell Court avec un profond sentiment de satisfaction qu'il éprouvait toujours en arrivant chez lui. Il y avait une odeur agréable, un mélange léger de nouveaux textiles, d'encaustique et de sels pour le bain. Il laissait toutes les portes intérieures ouvertes. Les pièces étaient impeccablement tenues. En entrant, on avait l'impression de voir une reproduction de la page centrale du supplément en couleur de *Maison & Jardin*, ou du moins, c'est ce que Martin espérait secrètement.

Il gardait de telles pensées pour lui et quand il recevait un nouveau venu, il le conduisait simplement dans le living-room pour montrer la vue de Londres que l'on découvrait de la fenêtre. Si le visiteur faisait un compliment sur la table à café en verre dans son support en acier inoxydable, ou sur les cristaux suédois ou encore sur les tableaux de l'école naïve yougoslave, il prenait au air modestement satisfait, mais c'était tout. Ses sentiments à l'égard de son appartement étaient trop intimes pour être exprimés en public et tout en éprouvant une réelle gratitude envers le destin, il ressentait une certaine frayeur à tenter la providence. Il lui arrivait de rêver que tout cela lui était brutalement retiré et qu'il se retrouvait de façon permanente dans la maison de Copley Avenue.

Il alluma deux lampes modernes à éclairage indirect. Les fauteuils et le divan étaient en rotin avec des coussins capitonnés. Maintenant qu'il avait gagné une importante somme d'argent, il pourrait les remplacer par un véritable ensemble recouvert en cuir brun.

Sur la table basse, entre le cendrier à dessin grec représentant un capricorne – son signe zodiacal – et un œuf en cristal, il prit la liste qu'il avait établie le soir précédent et l'étudia. Il y avait quatre noms : Suma Bhavnani, Miss Watson, Mr. Deepdene, la belle-sœur de Mr. Cochrane. Martin posa un point d'interrogation après ce dernier nom. Il n'était pas certain de son éligibilité pour le dessein qu'il se proposait et en premier lieu, il lui faudrait découvrir quel était son nom. Il attachait aussi quelques doutes sur la personne de Mr. Deepdene. En revanche, il n'en avait aucun concernant Suma Bhavnani. Il irait voir les Bhavnani demain, chez eux, dès qu'il aurait rencontré Tim Sage.

Martin s'approcha de la fenêtre. Les tours de Londres se détachaient, à la fois sombres et lumineuses, dans le ciel, telle la toile de fond de quelque pièce de théâtre extravagante. Il tira le cordon des longs rideaux de velours vert foncé.

Tim Sage. Depuis des jours, en fait depuis qu'il avait appris qu'il avait gagné un cinquième au concours de pronostics, il avait évité de penser à Tim Sage, mais il devait le faire maintenant parce que demain Tim Sage viendrait à son bureau pour lui parler de ses impôts sur le revenu. Ce serait la première fois qu'il verrait Tim depuis quinze jours et avant demain trois heures de l'après-midi, il devait décider ce qu'il devait faire. Et que faire? Il n'avait rien dit à sa mère de son obligation de parler à une autre personne, mais c'était parce qu'il voulait éviter de l'inquiéter et non parce qu'il avait le moindre doute sur la conduite à tenir. Dès qu'il se laissait aller à penser à Tim, il savait qu'il devait lui parler. En vérité, il aurait déjà dû le faire.

Le regard de Martin se posa sur l'appareil téléphonique recouvert de velours. Il devrait appeler Tim et tout lui raconter.

Le père de Martin avait pour principe qu'il ne fallait jamais téléphoner à personne après dix heures et demie du soir et avant neuf heures du matin, sauf en cas d'urgence. Rien n'était urgent dans cette affaire et il était onze heures moins dix. De plus, Martin éprouvait un sentiment bizarre à l'idée de téléphoner à Tim chez lui. Il ne l'avait jamais fait. De l'aveu même de celui-ci, il vivait de façon bohème, sans parler de ses arrangements domestiques. Il ne savait même pas qui lui répondrait au téléphone.

Martin se détourna et alluma une autre lampe. Après réflexion, il se servit un whisky. Il serait ridicule de téléphoner à Tim alors qu'il le verrait demain. En buvant son whisky, il se dit que, naturellement, c'était parce qu'il devait voir Tim le lendemain qu'il n'avait pas pris la peine de lui téléphoner plus tôt.

Martin était un homme en bonne santé, bien bâti, de taille moyenne, avec des épaules un peu trop larges. Lorsqu'il portait un pardessus, il avait l'air engoncé et plus vieux que son âge.

Il avait un grand front et un menton carré, mais autrement, ses traits étaient fins et réguliers. Ses cheveux bruns et frisés commençaient à s'éclaircir en forme de M sur le front.

Suivant l'exemple de son père, Martin portait toujours un costume classique pour aller au bureau. Chez lui, il mettait un tablier pour laver la vaisselle. Jamais il n'aurait porté un tablier ordinaire, cela lui aurait semblé ridicule, mais ce modèle amusant, en toile cirée orange et marron avec une gigantesque boîte de sauce Worcerster, était parfaitement convenable pour un homme. C'était sa mère qui le lui avait offert.

Il changea les draps de son lit, tâche régulière de tous les vendredis matins, mais il ne se livra à aucun autre travail ménager parce que Mr. Cochrane allait arriver à huit heures et demie.

Qu'il eût à son service un homme et non une femme de ménage était dû à la loi de non discrimination des sexes. Quand Martin avait passé une annonce dans le *North London Post*, il avait été tenu, par la loi, de ne pas préciser qu'il recherchait une femme pour faire son ménage et quand Mr. Cochrane s'était présenté, la même loi l'avait contraint à l'accepter. Sa mère lui avait fait remarquer qu'il avait de la chance d'avoir trouvé quelqu'un.

Mr. Cochrane arrivait habituellement juste après le facteur et avant le livreur de journaux, mais ce matin le jeune garçon qui les portait était en avance. Il était impensable que Mr. Cochrane fût en retard et Martin avait déjà parcouru les premières pages du *Post* et du *Daily Telegraph* quand la sonnette retentit.

À cet instant précis, il regrettait toujours que ce ne fût pas une femme de ménage maternelle, une de ces créatures démodées, qui, même si elle ne l'avait pas forcément appelé « Monsieur », l'aurait cependant traité avec respect en lui montrant une certaine considération pour ses désirs. Il avait lu des descriptions de ce genre de serviteurs dans les livres. Cependant, il était inutile de rêver alors que Mr. Cochrane allait arriver comme tous les vendredis et comme il le ferait, vraisemblablement, dans les dix années à venir car il aimait son travail et avait plusieurs places similaires les autres jours de la semaine dans le quartier.

Martin ouvrit la porte.

Mr. Cochrane mesurait environ un mètre soixante-dix. Il était sec et nerveux. Une touffe de cheveux laissait voir sa tonsure. Il apportait avec lui une petite valise contenant les ustensiles de ménage, car il ne faisait pas confiance à ses employeurs pour les lui fournir.

– B'jour, Martin.

Martin dit bonjour. Il n'appelait plus depuis longtemps Mr. Cochrane par son nom. Il avait commencé par l'appeler « Mr. Cochrane » et l'autre l'avait appelé « Martin ». Sur quoi, ce dernier lui avait demandé quel était son prénom. Dans un de ses brusques accès de colère dont il était coutumier, Mr. Cochrane avait refusé de le lui donner, s'exclamant que c'était une honte à notre époque de demander à un vieil homme, presque assez âgé pour être votre grand-père de l'appeler « Monsieur ». C'était revenir au temps du fascisme, comme si lui, Mr. Cochrane, n'avait pas travaillé assez dur au cours de sa misérable vie. A l'entendre, il avait été le valet de chambre d'un personnage plus ou moins aristocratique en Bavière, mais cela, Martin ne le croyait pas. Pour lui, les valets de chambre faisaient partie d'une race depuis longtemps disparue.

Dans son travail, il était parfait. C'était la raison pour laquelle Martin, et, sans doute, ses autres employeurs, le gardaient, en dépit de sa familiarité et de ses colères.

Il nettoyait, frottait, astiquait, et repassait à grande vitesse. Martin le regarda ouvrir sa valise et en sortir une blouse en grosse toile kaki, les chiffons pour l'argenterie et un flacon d'aérosol pour les meubles.

– Comment va votre belle-sœur? demanda Martin.

Mr. Cochrane était en train d'enfiler ses gants en caoutchouc.

– Elle n'ira pas mieux tant qu'elle ne pourra aller vivre ailleurs, Martin. C'est déjà bien assez de supporter ces noirs – Cochrane était un raciste féroce – Maintenant, ils ont des perceuses sur pneumatique. Elle n'ira jamais mieux tant qu'elle sera là, aussi vous pouvez vous épargner la peine de poser des questions à son sujet. Elle a droit à trois heures de perceuse sur pneumatique le matin et autant le soir. Les ouvriers eux-mêmes ne peuvent les faire fonctionner plus de trois heures à la file, c'est vous dire. Mais il est inutile de se plaindre, Martin, n'est-ce pas? C'est ce que je lui ai dit. A quoi sert de pleurer dans mon giron, je n'y peux rien, je ne suis qu'un pauvre domestique.

– Quel est son nom?

Mr. Cochrane s'arrêta de frotter l'évier et se retourna brusquement :

– Pourquoi voulez-vous toujours savoir le nom des gens? A quoi cela vous sert-il? Elle s'appelle Mrs. Cochrane, bien entendu.

Martin s'interdit de demander son adresse. Il pensa

que les descriptions réitérées de la porte de l'immeuble de North Kensington et sa situation géographique lui permettraient de le découvrir tout seul. S'il le désirait toujours. Dix minutes passées en compagnie de Mr. Cochrane lui donnaient l'impression qu'il existait des candidats plus méritants pour ses bontés que la famille Cochrane Suma Bhavnani, Miss Watson, Mr. Deepdene... Il empocha sa liste de crainte que Mr. Cochrane ne la trouvât et ne se lançât dans des spéculations paranoïaques.

Comme d'habitude, il partit travailler à neuf heures dix, en passant par Archway et Hornesay Lane. Parfois, pour varier un peu, il roulait à travers Highgate village et traversait Southwood Lane et une ou deux fois, par un beau matin d'été, il était allé travailler à pied, comme il l'avait fait le jour où il avait rencontré Tim dans les bois.

Les bureaux de Urban, Wedmore, Mackenzie et Cie, conseillers fiscaux étaient dans Park Road, dans un bloc d'immeubles entre Etheldene Avenue et Cranley Gardens. Walter Urban était l'expert sur les questions relevant de l'impôt sur le revenu. Clive Wedmore était spécialiste de l'investissement, tandis que Gordon Tytherton connaissait sur le bout des doigts les complexités des taxes sur la valeur ajoutée. Martin ne s'était pas spécialisé. Il s'occupait des questions d'ordre général et son bureau était le plus petit.

Il s'avait qu'il continuerait à faire ce travail le reste de sa vie et pourtant son cœur n'y était pas. Bien qu'il ait essayé, il n'avait jamais éprouvé cet enthousiasme dans la manipulation de l'argent de façon abstraite que possédait son père; il n'arriverait même pas à comprendre la fascination qu'exerçait la bourse sur Clive Wedmore. Peut-être aurait-il dû choisir une autre profession. Mais les matières qui l'avaient intéressé quand il poursuivait ses études offraient peu de débouchés : romancier, explorateur, cinéaste. On ne pouvait considérer ces professions sérieusement. Il n'avait pas choisi son métier. Il lui avait été imposé. Parfois, il pensait qu'il l'avait passivement accepté parce qu'il ne pouvait supporter l'idée de décevoir son père.

Ce métier lui apportait aussi la sécurité et une respectabilité satisfaisante. Il n'aurait pas aimé un travail ou un style de vie comme ceux de Tim. Il était fier des années d'études qu'il avait derrière lui, du savoir acquis et il était bien décidé à ne pas laisser son manque d'enthousiasme le conduire à des omissions ou des erreurs de jugement. Il aimait aussi son bureau avec la vue sur les arbres d'Alexandra Park, des arbres qu'il connaissait depuis son enfance.

Martin n'avait pas de clients ce matin, ni d'appel téléphonique à donner ou à recevoir. Il passa près de trois heures à démêler les comptes tenus de façon fantaisiste par un promoteur qui n'avait pas payé un penny d'impôt sur le revenu depuis quinze ans.

Le visage radieux, son père vint le voir. Il réagissait à la nouvelle du gain au concours de pronostics comme il l'avait fait lorsque son fils avait été reçu à ses derniers examens. Quand il fut parti, Martin demanda à Caroline, que Gordon et lui se partageaient comme secrétaire, de lui apporter le dossier de Mr. Sage.

Il l'ouvrit et le compulsa, sans vraiment regarder les déclarations et les rapports de Tim lui-même. Dans deux heures environ, Tim serait assis en face de lui et il n'avait toujours pas décidé ce qu'il allait faire. La ferme détermination de la nuit dernière avait été, non pas écartée, mais certainement affaiblie par la vue du *North London Post*. Il devait prendre une décision avant les deux prochaines heures.

Habituellement, Martin déjeunait dans l'un des pubs

du quartier ou, une ou deux fois par semaine, dans un restaurant grec de Muswell Hill avec Gordon Tytherton. Aujourd'hui, cependant, il partit seul en voiture pour Woodman. Cela semblait l'endroit approprié pour résoudre son problème.

' Naturellement, il faisait beaucoup trop froid et la saison était trop avancée pour prendre un sandwich et boire une bière dans le jardin. En été, malgré la proximité de la route nationale, il était sensible à la présence des bois. Au nord, celui de Highgate, et à l'est Queen's Wood où, en se promenant sous les hêtres feuillus il avait rencontré Tim un matin de mai. On était maintenant en novembre et les branches dénudées semblaient tristes et lugubres.

Allait-il ou non parler à Tim? N'était-ce pas un devoir, une obligation morale de le mettre au courant? Car sans Tim, il n'aurait jamais gagné cent quatre mille livres. Il n'aurait jamais joué au concours de pronostics.

CHAPITRE III

Martin avait connu Tim Sage à la *London School of Economics*. Ils avaient été camarades de classe, sans plus. Tim avait quitté l'école au bout d'un an et Martin ne l'avait pas revu avant ce matin de printemps, dans Queen's Wood, huit ans plus tard.

C'était ce genre de matin brumeux et doré, annonciateur de chaleur, quand les hauteurs, au nord de Londres, sont telles que lorsque Turner les a peintes. C'était ce genre de matin où l'on abandonne sa voiture au garage. Martin avait marché jusqu'à Jackson Lane et Shepard's Hill pour entrer dans les bois par un sentier partant de Priory Gardens. Le bois était plein d'écureuils bondissants et le silence n'était coupé que par le cri occasionnel d'un geai. Sous les pieds, on sentait des générations de feuilles de hêtres et au-dessus de la tête, de jeunes pousses, nouvellement écloses, ressemblaient à des morceaux de soie froissée.

Cela avait été une expérience étrange et même un peu dramatique de longer ce sentier et de voir Tim surgir au loin, au-dessus de la courbe de la colline, l'idée que ce pouvait être Tim devenant peu à peu une certitude.

Quand ils ne furent plus qu'à cinquante mètres l'un

31

de l'autre, Tim avait couru vers lui et s'était arrêté brusquement :

– N'est-ce pas là le Dr Livingstone?

Pourquoi pas! Le journaliste retrouvant l'explorateur dans un bois! Curieuse sensation que l'émotion qui avait paru les étreindre et le plaisir que chacun avait éprouvé à la vue de l'autre, tels des frères réunis après une longue séparation. Etait-ce parce que la rencontre avait eu lieu un matin de printemps sous le couvert des arbres? Etait-ce l'improbabilité de ces retrouvailles dans un bois? Martin n'avait jamais été capable de comprendre pourquoi cette rencontre de hasard lui avait apporté une telle sensation de bonheur et d'espoir et pourquoi il avait, alors, envisagé une longue amitié. C'était presque comme si lui et Tim avait spontanément et simultanément reçu un coup de foudre.

En prenant conscience de cet état de fait, Martin s'était senti à la fois surexcité et très effrayé. Avant de le quitter, Tim avait familièrement posé son bras sur l'épaule de Martin dans un geste de camaraderie courant chez un homme, mais qui laissa à Martin un sentiment de confusion et deux jours plus tard, quand Tim lui téléphona, il lui fallut quelques secondes pour retrouver sa voix.

Tim désirait seulement savoir s'il pouvait le consulter à titre professionnel. Il était inquiet sur le montant des impôts qu'il avait à payer et sur les déclarations à faire pour ses « piges ». Martin accepta aussitôt de le recevoir, non sans une réserve mentale.

Walter Urban prétendait qu'un homme ne peut se rendre compte si un autre homme est séduisant. Il ne peut juger que par rapport au sexe opposé. En pensant à cela, Martin fut troublé. Dans le cas présent, ce n'était pas vrai. Que pouvait-il en conclure?

Tim était beau. Il ressemblait à un acteur de cinéma, avec quelque chose d'impétueux et de flamboyant. On l'imaginait en duelliste. Ses cheveux étaient noirs, coupés courts pour la mode, mais moins courts que ceux de Martin. Ses yeux étaient bleus et très brillants. Ses pommettes hautes et sa mâchoire carrée lui donnaient un type slave. Ses lèvres étaient pleines comme celles d'une femme. Grand et très mince, il avait de longues mains fines et des doigts tachés de nicotine. Il fumait quand Martin l'avait rencontré dans les bois et il alluma une *Gauloise*, le jour où il entra pour la première fois dans le bureau de Martin.

Les affaires de Tim étaient beaucoup moins embrouillées que ne l'étaient celles de la plupart des clients de Martin. Il fut impressionné par le fait que tandis qu'il examinait les colonnes de chiffres, Tim fût capable de les répéter de mémoire. Martin promit d'arranger les déclarations pour lui permettre de faire des économies et Tim parut lui en être reconnaissant.

Cependant, se reverraient-ils? Se rencontreraient-ils encore? Martin ne se souvenait plus si c'était lui qui avait téléphoné à Tim ou le contraire, mais le résultat avait été qu'ils s'étaient donnés rendez-vous pour déjeuner dans un pub, puis ils avaient bu un verre un vendredi soir.

Au cours de ces rencontres, Martin avait été mal à l'aise et nerveux, mais aussi extraordinairement heureux et plein d'euphorie. Après cela, Tim lui avait rendu assez souvent visite dans son appartement de Cromwell Court. Ce que Martin avait craint lors de leur première rencontre ne s'était jamais reproduit. Tim s'était contenté de lui serrer la main sans le prendre dans ses bras comme il avait été sur le point de le faire en le quittant.

Cependant, Tim devait être homosexuel, car quelle autre explication pouvait-il y avoir à sa visible attirance pour lui, Martin ? Comment expliquer autrement que lui-même trouvât Tim tellement séduisant ? Car il le trouvait séduisant, il avait fini par se l'avouer. Des hommes normaux peuvent trouver certains homosexuels séduisants s'ils sont honnêtes avec eux-mêmes. Martin avait lu cela dans un livre de psychologie.

Assez bizarrement et en dépit de son affection pour Tim, il se rendait compte qu'il n'était pas sans défaut. A plusieurs reprises, Tim avait montré des signes de brutalité, d'égoïsme et de cupidité.

Tim habitait Stroud Green. Martin lui avait envoyé des lettres d'affaire à cette adresse, mais il ne lui avait jamais téléphoné chez lui. Ce n'était pas faute d'en être prié. C'était même la façon dont Tim l'avait regardé et le ton qu'il avait employé qui avait déterminé Martin à ne jamais lui rendre visite. Tim l'avait convié à venir voir « son ménage » avec un sourire sardonique et Martin avait compris. Tim vivait avec un homme. Martin n'avait jamais fréquenté d'homme vivant « en ménage » avec un autre homme et cette seule idée l'embarrassait.

Il avait opposé un refus poli. Il avait toujours une réponse toute prête et au bout de quelque temps, Tim avait paru comprendre car il n'avait plus insisté. Mais avait-il réellement compris ?

Tim avait paru impressionné par l'appartement de Cromwell Court. Ou, du moins, il admira ce que Martin lui montra et il aimait s'asseoir sur le balcon de Martin par un soir d'été en buvant une bière en contemplant le panorama. Comme son père, Martin mêlait souvent les affaires et les loisirs et ce fut au cours d'une de ces soirées, alors que Tim venait de lui exprimer son envie d'avoir une maison qu'il lui avait suggéré d'acheter un appartement. Il y aurait intérêt surtout en raison du dégrèvement d'impôts que lui vaudrait l'hypothèque, sans parler de la sécurité d'un tel placement.

– Avec tes revenus actuels et ceux que tu escomptes recevoir des nouvelles que tu as l'intention d'écrire, tu devrais t'en tirer.

– Mes revenus, comme tu les appelles, sont de l'ordre du salaire minimum garanti que le *Post* est tenu de me verser, dit Tim en allumant sa vingtième cigarette de la soirée. Tu sais à combien se montent ces revenus, mon petit vieux, et je n'ai pas un penny de capital. La seule façon de me procurer de l'argent pour avoir un capital de départ serait de gagner au concours de pronostics.

– Il faudrait d'abord que tu y joues.

Les yeux bleus, qui parfois brillaient d'un vif éclat, étaient calmes et sereins.

– Oh! j'y joue. J'y joue même depuis dix ans.

Martin avait été grandement surpris. Il supposait que jouer au concours de pronostics sur les matches de football était uniquement une habitude de la classe ouvrière. Il avait été encore plus surpris de s'entendre déclarer qu'il aimerait y jouer aussi une fois, juste pour voir.

– Mais je ne saurais pas m'y prendre.

– Mon cher Livingstone, répondit Tim qui s'adressait souvent à lui de cette façon-là, repose-toi sur moi. Je vais te préparer le terrain. Je t'enverrai un coupon avec le pronostic. Tu n'auras qu'à le recopier et à faire le même toutes les semaines.

Naturellement, Martin n'avait eu aucune intention de recopier et d'envoyer ces coupons, et pourtant il l'avait fait. Pourquoi? Peut-être parce que cela aurait été discourtois envers Tim. Martin supposait qu'il avait dû se livrer à un certain travail pour élaborer ce curieux modèle qu'il recopia religieusement chaque semaine.

A cinq reprises, il avait rempli et expédié ces coupons et la cinquième fois, il avait gagné cent quatre mille livres. Il avait gagné grâce à la combinaison que Tim avait imaginée pour lui. En conséquence, Tim était plus qu'indirectement responsable des gains de Martin. N'aurait-il pas dû lui téléphoner dès qu'il avait appris la nouvelle?

Martin revint à Park Road en passant par Woodlane. S'il avait pris sa voiture ce matin de mai, ou s'il était passé par Woodlane au lieu de prendre le sentier de Shephard Hill, ou s'il avait été en avance ou en retard de cinq minutes, il n'aurait pas rencontré Tim et il n'aurait donc pas gagné cette importante somme d'argent. Dans une heure il serait de nouveau confronté à Tim. Il devait venir le voir à trois heures.

Le but de cette visite était d'établir le montant de ses impôts sur le revenu de l'année précédente d'après les déclarations des divers journaux qui avaient publié ses articles. Jamais Martin n'aurait eu l'idée de cacher à Tim qu'il avait gagné si Tim n'avait pas été journaliste.

S'il parlait à Tim, la nouvelle de cette fortune récemment acquise s'étalerait en première page du *North London Post* de la semaine suivante. Ne pouvait-il demander à Tim de garder le secret? Il était possible qu'il accepte, mais Martin ne pensait pas que c'était probable. Ou plus exactement, il pensait que Tim s'engagerait à moitié et passerait le tuyau à un autre journaliste. Et cette histoire serait encore meilleure lorsqu'il aurait commencé son œuvre philanthropique.

Martin réfléchissait toujours avant de prendre une

décision importante. Il avait l'intention de bâtir sa vie sur de solides principes. Agir comme si chacune de ses actions était la base d'une loi sociale, telle était sa doctrine.

Il était clair qu'il devait parler à Tim. Il lui devait des remerciements et ce n'était pas la considération que la publicité pourrait lui rendre la vie difficile pendant quelques semaines qui devait l'arrêter. A supposer qu'il reçoive quelques lettres de quémandeurs et quelques appels téléphoniques, il pouvait y pallier. *Il devait parler à Tim.*

Et il devait aussi... Cette nouvelle idée l'alerta tellement qu'il dût s'arrêter de scruter le dossier de Mrs. Barbara Baer qui était ouvert devant lui... il devait lui offrir quelque chose. Il lui incombait d'offrir une somme d'argent à Tim.

Celui-ci recevait le plus bas salaire que le syndicat des journalistes permettait à ses employeurs de lui payer. Il ne pouvait s'acheter une maison parce qu'il ne disposait d'aucun capital. Dix mille livres permettraient à Tim de faire un versement initial et c'était la somme que Martin devrait lui donner. Dix pour cent de commission, en quelque sorte.

En y réfléchissant, Martin ne trouva pas cette idée plaisante. Tim n'était pas un cas « méritant », comme celui de Miss Watson ou de Mrs. Cochrane. Il était jeune et fort. Il n'était nullement obligé de continuer à travailler pour ce salaire dérisoire. Le fond de la pensée de Martin était que si Tim désirait avoir un peu d'argent devant lui, il devrait commencer par fumer moins. Il avait aussi l'impression que Tim était gaspilleur.

Martin continua à examiner les deux côtés de la question jusqu'à trois heures et quart. Tim était en retard. Les réflexions intimes de Martin ne l'avaient pas mené loin, sauf peut-être que l'idée de s'expliquer avec Tim devenait de plus en plus inconsidérée et presque immorale. A trois heures vingt, Caroline passa la tête dans l'entrebâillement de la porte :

– Mr. Sage est là, Martin.

Il se leva et fit le tour de son bureau en pensant que si Tim lui posait la question, ou s'il faisait allusion au concours de pronostics, il le mettrait au courant. Autrement, peut-être pas.

Tim n'était jamais bien habillé. Ce jour-là, il portait un jean noir, un pull-over à col roulé qui avait dû être blanc et une veste en coton fané à laquelle il manquait un bouton. Il alluma une *Gauloise* avant même de parler.

– Excuse-moi d'être en retard. Une audience au tribunal qui a duré plus que prévu.

– De quoi donner matière à un article?

Tim haussa les épaules.

– L'humanité avance toujours sur une couche fragile au-dessus d'un gouffre béant.

Martin acquiesça. Il était frappé par ce que Tim venait d'énoncer. C'était exactement ce qu'il avait ressenti le matin même en se souvenant des faibles chances qui avaient présidé à leur rencontre dans les bois.

– Est-ce là une citation?

– Arnold Bennett.

L'humanité avance toujours sur une couche fragile au-dessus d'un gouffre béant.

Naturellement, le gouffre n'était pas inévitable et n'était souvent qu'un étroit fossé, pensa Martin. Les romanciers sont toujours enclins à l'exagération.

– Jetons plutôt un coup d'œil sur ces paperasses.

– On m'a réclamé près de cinq cents livres d'impôts. Il doit y avoir une erreur, n'est-ce pas?

Martin sortit le dossier de Tim. Il examina le commandement. Tim voulut savoir s'il pouvait obtenir une réduction pour ses frais de voiture et si un abonnement à une bibliothèque était déductible de ses impôts. Martin répondit non pour la voiture et oui pour la bibliothèque. Puis il posa quelques questions à Tim et déclara qu'il allait déposer une demande de réduction qu'il adresserait à l'inspecteur des finances. Il n'y avait pas grand-chose à ajouter. Tim en était à sa deuxième cigarette.

– Comment la vie te traite-t-elle, mon petit vieux? demanda Tim.

– Très bien, répondit prudemment Martin.

Il était nerveux. Il n'arrivait pas à se décider à parler, ni même à imaginer les premières réactions de Tim, son incrédulité, sa stupéfaction et ses joyeuses félicitations. Il reprit sur un ton qui résonna à ses propres oreilles comme parfaitement artificiel.

– J'ai fait poser dans mon appartement la moquette dont je t'ai parlé.

– Fantastique!

Martin se sentit rougir. Mais l'expression de Tim était sérieuse et même intéressée.

– Oh! tu sais, je ne mène pas une vie très excitante.

– Comme tout le monde, répondit Tim.

Il garda le silence pendant un moment. Martin eut l'impression que ce silence était plein d'expectative, mais Tim écrasa sa cigarette et se leva. Martin s'aperçut qu'il retenait sa respiration. Il poussa un petit soupir. Tim le regarda.

– Eh bien, je ne veux pas te retenir plus longtemps. Je reçois quelques amis, la semaine prochaine, le samedi 25. Y a-t-il une chance pour que tu sois libre?

– Quelques amis?

– Oui. Une petite réunion privée. En fait, ce sera l'occasion de célébrer mon trentième anniversaire... trente années mal dépensées, cher Livingstone. Je t'en prie, viens.

– Très bien. Je viendrai avec plaisir.

– Le quartier est assez peu savoureux, mais le dîner le sera, je te le garantis. Viens vers sept heures, veux-tu?

Martin se sentit soulagé après le départ de Tim. Il n'avait rien demandé. Il n'avait fait aucune allusion au concours de pronostics. A peine avait-il été question d'argent. Il avait probablement tout oublié à propos des pronostics.

Comme j'ai été absurde de me demander si je lui devais quelque chose, pensa Martin. Comme s'il pouvait donner de l'argent à Tim! Comme s'il pouvait même lui en offrir! Pendant tout le temps où Tim était resté là, il avait eu l'impression de marcher sur cette couche mince au-dessus d'un gouffre béant. Cependant c'était faux, la glace s'était épaissie et on pouvait parfaitement patiner dessus.

Caroline entra avec le courrier.

– Mr. Sage est très séduisant, dit-elle, il me rappelle Nureyev en plus jeune.

Il ne te servirait pas à grand-chose, ma belle, fut la pensée qui traversa immédiatement l'esprit de Martin. La vulgarité de cette expression suffit à le faire rougir pour la seconde fois de l'après-midi.

– Soyez gentille, emportez ce cendrier, s'il vous plaît.

– Ça sent la France, ne trouvez-vous pas?

Elle emporta le cendrier en reniflant d'un air appréciatif. Martin se pencha sur les impôts du promoteur pendant encore une heure, puis il partit pour Priory

Road et s'arrêta au bureau de tabac et dépôt de journaux tenus par les Bhavnani. Il se sentait surexcité. Il essayait de se mettre à la place de Mrs. Bhavnani, imaginant ce qu'elle allait ressentir dans cinq minutes quand elle aurait compris que quelqu'un se souciait d'elle, que quelqu'un allait donner à son fils la possibilité de vivre et d'avoir un avenir. Elle pleurerait peut-être. Martin se livra à une vision fantaisiste de ce qui se passerait quand il aurait fait son offre, y mettant fin seulement en se rappelant que l'on doit se cacher pour faire le bien et que la main droite doit ignorer ce que donne la main gauche.

C'était une petite boutique à l'ancienne mode. Lorsqu'il ouvrit la porte, une clochette tinta et de l'arrière-boutique surgit Mrs. Bhavnani, dans un sari vert sur lequel elle avait jeté un cardigan bleu vif. Par contraste avec ces couleurs gaies, son visage paraissait parcheminé et plein d'ombres. Quand Martin déclara qu'il voulait lui parler en particulier, elle s'assombrit encore. Néanmoins, elle retourna la pancarte sur la porte, indiquant « fermé ». Martin bégaya un peu en lui exposant l'objet de sa visite. Elle l'écouta en silence.

— Etes-vous docteur pour opérer Suma? demanda-t-elle.

— Non, non, pas du tout... seulement, ma mère m'a parlé de lui et s'il est exact que cette opération du cœur peut être pratiquée à Sydney, je veux vous aider à payer le voyage.

— Cela coûtera très cher.

— Je le sais, mais j'ai quelques moyens. Je voudrais que vous me permettiez de payer le voyage pour vous et pour lui jusqu'à Sydney ainsi que les frais de séjour là-bas et le prix de l'opération.

Elle le regarda fixement, puis elle baissa les yeux et

resta passivement devant lui. Son mari était-il là? Non, pas pour le moment. Martin demanda le nom de leur médecin.

– Le Dr Ghopal à Crouch End, dit-elle.

Elle leva alors ses yeux noirs et tristes et dit, comme s'il était un importun, comme si l'offre généreuse n'avait pas été faite.

– Il faut partir maintenant. La boutique est fermée. Je regrette.

Une fois qu'il fut dans la rue, Martin ne put s'empêcher de rire intérieurement et de se moquer de lui. Voilà bien la récompense du philanthrope! Naturellement, il aurait été beaucoup plus sensé et pratique de s'enquérir d'abord du nom du Dr Ghopal et de lui écrire plutôt que de choisir cette façon directe et romantique d'aborder la question. Il écrirait ce soir-même au médecin. Il entamerait également les démarches préliminaires pour ses projets sur l'utilisation de la moitié de ses gains. Suma Bhavnani n'était qu'un à-côté. L'affaire véritablement sérieuse était son plan pour distribuer cinquante mille livres.

Il allait se concentrer là-dessus maintenant que Tim Sage ne pesait plus sur sa conscience.

CHAPITRE IV

Chère Miss Watson,
Je ne sais pas si vous vous souvenez de moi. Nous nous sommes rencontrés à Noël chez ma tante, Mrs. Bennett. Depuis lors, j'ai appris que vous aviez un problème de logement et que lorsque votre employeur partira vivre à l'étranger, l'année prochaine, vous craignez de vous trouver sans toit. L'objet de cette lettre est de vous demander si je peux vous aider. Je serais prêt à vous avancer une somme d'argent raisonnable pour l'achat d'une petite maison ou d'un appartement, de préférence en dehors de Londres ou de la proche banlieue. Si vous le préférez, vous pourrez considérer cette somme comme un prêt à long terme, la propriété me revenant éventuellement par testament. Je pourrais alors considérer cet argent comme un investissement. Cependant, croyez que ma seule intention est de vous venir en aide pour résoudre votre problème. J'espère que vous me permettrez de le faire.

Sincèrement vôtre,
Martin W. Urban

Cher Mr. Deepdene,

Vous n'avez jamais entendu parler de moi, mais je suis un ami des Tremlett qui sont, je crois, de vos amis. Norman Tremlett m'a expliqué que les autorités locales qui se trouvent être vos propriétaires ont l'intention de démolir le bloc d'immeubles dans lequel vous habitez actuellement et de vous reloger dans un appartement qui serait inadéquat pour y transporter vos livres et votre mobilier. L'objet de cette lettre est de vous demander si je peux vous aider. Je serais disposé à vous avancer toute somme d'argent raisonnable pour acheter une petite maison ou un appartement, de préférence en dehors de Londres ou de la proche banlieue. Si vous voulez bien prendre contact avec moi dès que possible, nous pourrions nous rencontrer pour discuter de ces questions. Si vous préférez ne pas accepter cet argent comme un don, il serait toujours possible de le considérer comme un prêt à long terme. J'aimerais aussi savoir si vous envisagez de vivre en dehors de Londres.

Sincèrement vôtre,
Martin W. Urban

Chère Mrs. Cochrane,

Vous avez entendu parler de moi par votre beau-frère. Il m'a dit que vous souffriez beaucoup de vos conditions de logement et que vous désiriez vivement habiter ailleurs. L'objet de cette lettre...

Martin avait trouvé ces lettres très difficiles à rédiger. Il abandonna temporairement celle destinée à Mrs. Cochrane parce qu'il n'avait pas encore découvert son adresse. Le Dr Ghopal devait avoir reçu sa lettre maintenant, mais il n'avait pas encore répondu.

Il était agréable de penser à la joie incrédule de ces deux personnes âgées quand le courrier arriverait lundi matin. Elles comprendraient, sans ressentiment n'est-ce pas? ce qu'il voulait dire en leur demandant de choisir un logement en dehors de Londres. S'il voulait assister quatre ou cinq personnes, il ne pouvait affronter les prix pratiqués dans la capitale. Il posa ses lettres en allant prendre son apéritif du samedi avec Norman Tremlett au *Flask*.

Le Dr Ghopal lui téléphona à son bureau le lundi matin. Il verrait Mrs. Bhavnani ce même jour et espérait pouvoir prendre contact avec l'éminent chirurgien du cœur en Australie. Avec l'accent prononcé qui résonne toujours comme du gallois aux oreilles anglaises, le Dr Ghopal l'assura qu'il avait été très ému en apprenant l'offre généreuse de Mr. Urban. Martin ne put s'empêcher de se sentir satisfait. Sa mère avait dit que Suma travaillait bien à l'école. Qui sait, grâce à l'intervention opportune de Martin, l'enfant deviendrait peut-être un chirurgien célèbre, un musicien de génie ou un second Tagore?

Gordon Tytherton mit fin aux rêves éveillés de Martin en venant lui dire que sa femme avait une place supplémentaire pour la représentation d'*Evita* samedi soir. Martin aimerait-il en profiter et les accompagner? Martin accepta avec empressement.

Il passa le reste de la soirée au sommet d'une vague et il lui fallut quelque temps pour s'aviser qu'il aurait dû demander au Dr Ghopal de la discrétion au sujet de la source de l'argent. Cependant on pouvait difficilement imaginer un médecin généraliste allant raconter un pareil fait divers à la presse. Il n'y pensa plus guère jusqu'au jeudi quand, en revenant de déjeuner, Caroline lui apprit que Mr. Sage avait téléphoné et le rappellerait.

Tim avait-il découvert quelque chose concernant les Bhavnani? Non que Martin ait fait la moindre allusion sur la source de sa fortune au Dr Ghopal, mais Tim n'était pas fou. Si Tim flairait quelque chose, il en tirerait une manchette pour la première page du *Post* du lendemain.

– S'il me rappelle, dites-lui que je suis occupé.

Martin ne se soucia pas de demander si Tim avait rappelé ou non dans la journée. Il était maintenant trop tard pour fournir un article au *Post* de cette semaine. Il partit seul pour la maison de Copley Avenue, son père ayant un rendez-vous avec un client à Hampstead, et sous une brusque impulsion, il parla à sa mère des cinquante mille livres d'investissements charitables et de l'offre qu'il avait faite à Suma Bhavnani.

Elle l'écouta en buvant son Olorosa et Martin vit qu'elle était partagée entre l'admiration pour sa générosité et son désir maternel naturel de le voir dépenser la totalité des cent quatre mille livres dans l'achat d'une maison pour lui.

– Je suppose que je ne dois pas te demander pourquoi? dit-elle.

Il aurait été embarrassant d'exposer ses raisons. La vie avait été si extraordinairement bonne pour lui qu'il avait l'impression d'avoir une dette envers le Destin. Il ne répondit pas et se contenta de sourire.

– Qu'en pense ton père?

– Je ne lui en ai pas parlé encore.

Ils échangèrent un regard de complicité. Un regard qui signifiait qu'aussi longtemps qu'ils le pourraient, ils cacheraient une information aussi hautement déconcertante pour Walter Urban. Martin remplit leurs verres une seconde fois.

Plus tard, après le dîner, Mrs. Urban remarqua :

– Quand tu m'as dit comment tu entendais dépenser ton argent je n'ai pu m'empêcher de penser à Mrs. Finn.

– Qui est Mrs. Finn?

– Oh! Martin! Ne te rappelles-tu pas de Mrs. Finn? Voyons, elle a été notre femme de ménage. C'était... à l'époque où tu allais encore à l'école. Tu étais adolescent. Une femme blonde, très maigre. Tu n'as pu l'oublier.

– Je m'en souviens vaguement.

– Je me suis fais un devoir de continuer à la fréquenter. Je vais chez elle régulièrement. Elle vit dans un endroit si affreux que tu en aurais le cœur brisé. Une pièce, plus petite que celle-ci, est divisée en trois. Il n'y a aucune installation sanitaire. J'avais envie d'aller au petit coin la dernière fois et je n'ai même pas osé demander où c'était. Il y a des gens si bizarres dans cette maison. C'est un vrai taudis.

– Pauvre femme!

– Elle a un fils qui est un peu arriéré, je crois. Il habite l'étage au-dessous. Il est plombier ou quelque chose comme ça. Naturellement, Mrs. Finn elle-même a été mentalement dérangée. La misère et la saleté dans lesquelles vivent ces gens sont incroyables.

Elle parla encore longtemps et Martin se fit un devoir d'écouter attentivement, mais il pensa que puisque Mrs. Finn avait un fils pour s'occuper d'elle, elle n'était pas qualifiée pour recevoir ses bontés. Ne vaudrait-il pas mieux compléter sa liste par un jeune couple avec un bébé?

Il était surpris de ne pas encore avoir reçu de réponse de Miss Watson et de Mr. Deepdene. Il n'y avait toujours rien d'eux le lendemain. Mr. Cochrane et les journaux arrivèrent ensemble et Martin parcourut rapidement le *North London Post*, à la recherche d'un article concernant Suma Bhavnani ou pire, concernant Suma Bhavnani en liaison avec lui.

– J'ai dit qu'il faisait une belle matinée, Martin, dit Mr. Cochrane avec sévérité en enfilant sa blouse, j'ai dit qu'il faisait beaucoup plus doux que ces derniers jours. Je suppose que vous trouvez que les réflexions d'un simple domestique ne méritent pas de réponse.

– Excusez-moi, dit Martin.

Le journal ne faisait aucune allusion aux Bhavnani ou à lui-même. La première page était consacrée au meurtre d'une jeune fille à Kilburn. Un article qui portait les initiales de Tim.

– Il fait beau, vous avez tout à fait raison. Comment va votre belle-sœur?

– A peu près la même chose, Martin.

Mr. Cochrane passait du liquide sur les cuillères en argent et cette question parut éveiller ses soupçons. Quand Martin revint avec son pardessus, il dit sèchement.

– Je ne sais pas ce qui suscite votre intérêt, Martin. Ma belle-sœur n'est pas une fille nubile, ni une de vos pin-up. Ce n'est qu'une malheureuse vieille femme qui est placée comme domestique depuis l'âge de quatorze ans. Vous n'auriez jamais l'idée de passer votre temps avec ses semblables, Martin.

S'il n'avait su que Mr. Cochrane quitterait l'appartement à midi en le laissant plus immaculé que la maison de Copley Avenue, avec ses chemises exquisement repassées, Martin lui aurait botté les fesses en le mettant dehors à l'instant. Il se contenta de soupirer en s'en allant.

– Au revoir, Martin, dit Mr. Cochrane sur le ton d'un maître d'école disant au revoir à la fin du trimestre à un élève dont la conduite a été mauvaise.

Il était rare que Mr. Cochrane laissât un message. S'il le faisait, ses notes étaient rédigées sur le même ton désapprobateur et plein de remontrances que dans sa conversation. Martin trouva un billet quand il revint chez lui peu avant six heures.

Cher Martin,
Un Mr. Sage a téléphoné deux minutes après votre départ. Je lui ai dit que je n'étais que le domestique et ne pouvais expliquer pourquoi vous étiez parti si tôt.
W. Cochrane

Martin froissa le papier et le jeta dans la corbeille vide. Au même instant, le téléphone se mit à carillonner. Martin décrocha.

— Il semble que tu sois devenu intouchable, dit la voix de Tim. Tu as toute une armée de défenseurs pour te protéger de la presse.

— Pas vraiment, tu le constates, répondit Martin avec une certaine nervosité, que puis-je pour... la presse, maintenant qu'elle m'a trouvé?

Tim ne répondit pas directement. Il y eut un silence durant lequel Martin devina qu'il allumait une cigarette. Il se préparait pour la question qui allait venir et fut surpris quand Tim déclara :

— Je voulais seulement te rappeler que je t'attendais demain soir chez moi, mon petit vieux.

Martin avait complètement oublié cette soirée. Cette idée lui était même tellement sortie de l'esprit qu'il avait accepté l'invitation de Gordon pour aller au théâtre. Il prit soudain conscience à quel point il avait toujours détesté que Tim l'appelât « mon petit vieux ».

— Je suis navré, répondit-il, mais je ne pourrai venir. J'ai d'autres engagements.

– Tu aurais pu me prévenir.

– Je suis navré, répéta Martin, puis il ajouta : je ne pensais pas que c'était nécessaire pour ce genre de soirée.

– Que veux-tu dire, Martin? Il s'agit d'un dîner, tu l'as certainement compris quand je t'ai demandé de venir à sept heures.

Il y eut un long silence, puis Tim ajouta :

– C'est pour une célébration assez exceptionnelle.

– Je ne pense pas que mon absence gâche ta soirée.

– Au contraire, dit Tim d'un ton très froid, nous serons désolés.

Il raccrocha sans rien ajouter. Jamais personne n'avait coupé une conversation de cette façon-là avec Martin. Il se sentit injustement persécuté. Bien entendu, il avait toujours refusé dans le passé d'aller chez Tim, mais pour une fois, celui-ci lui avait laissé entendre, dès le début, que ce ne serait pas une de ces beuveries se terminant Dieu sait comment, et s'il n'avait pas oublié, il y serait allé. Si Tim l'avait invité pour dîner pourquoi diable ne le lui avait-il pas dit explicitement quand il l'avait invité le vendredi précédent? Martin ressentit une soudaine et violente aversion pour Tim.

Quand il recevrait la réponse de l'inspecteur des impôts, il écrirait à Tim au lieu de lui téléphoner. Il l'avait assez vu pour le moment. Laissons passer quelques semaines, pensa-t-il, je l'appelerai vers la Noël.

Mais cette nuit-là, il rêva de Tim pour la première fois depuis des semaines. Ils étaient dans la maison de Strand Green qu'en réalité Martin n'avait jamais vue. Tim en avait parlé comme manquant de saveur et dans le rêve, elle était pire que cela. Véritable trou à

50

rats à la Dickens dans sa grotesque vétusté. Il y régnait une odeur fétide. Lui et Tim discutaient avec âpreté d'un sujet sans importance. Chacun d'eux se jetait à la tête des arguments de plus en plus fallacieux. Tim finissait par être de la plus évidente mauvaise foi. Finalement, Martin ne put en supporter davantage et se lança sur Tim les poings en avant, mais Tim para le coup et ils roulèrent accrochés l'un à l'autre sur un divan profond recouvert de velours rouge qui remplissait la moitié de la pièce. Toujours liés ensemble, ils ne purent continuer à se battre car le velours rouge était humide et quelque peu détrempé. Il exerçait un effet de succion qui paraissait les attirer dans ses profondeurs. Tim n'était plus là. Le velours rouge était la bouche de Tim et Martin était pris à la gorge et dévoré par un long baiser.

C'était le genre de rêve dont on se réveille brusquement avec une impression d'embarras. Heureusement, il était huit heures et demie quand Martin ouvrit les yeux et il n'aurait pu rester confortablement au lit avec des visions de cette sorte. S'étant ressaisi, il vit que la journée se préparait à être belle et qu'il ferait un samedi plus ensoleillé que d'habitude. À l'heure du déjeuner, la brume matinale s'était totalement dispersée. Martin se demanda s'il irait à pied jusqu'au *Flask* boire un verre avec Norman Tremlett. Il lui faudrait un quart d'heure pour y aller. Ce n'était qu'à deux ou trois minutes en voiture.

Au cours des semaines suivantes, il pensa souvent que s'il avait décidé de marcher ce jour-là, il n'aurait pas été là quand Francesca avait sonné à sa porte et il ne l'aurait jamais rencontrée. Un élan d'énergie l'avait poussé à la promenade qui conduisait à la rencontre avec Tim. De la paresse l'avait fait renoncer à la promenade qui aurait évité sa rencontre avec Francesca. Il devait y avoir là une signification, bien qu'il fût incapable de dire laquelle.

Quand la sonnette retentit, il pensa que c'était Miss Watson. Elle n'était jamais venue le voir, mais il ne lui avait encore jamais offert de lui acheter une maison et il était convaincu que ce ne pouvait être qu'elle. Il ouvrit la porte avec un sourire aimable.

Devant lui se dressait un jeune garçon tenant un énorme bouquet de chrysanthèmes jaunes dans les bras. Ce garçon avait d'épais sourcils bruns, de grands yeux noirs et des joues rouges. Il portait des jeans, une sorte de tunique en coton bleu foncé et une casquette qui lui couvrait les cheveux.

— Mr. Urban, demanda-t-il d'une voix efféminée.

— Oui, dit Martin, mais ce ne peut être pour moi.

— Vous êtes bien Mr. Martin Urban et c'est ici le 12 Cromwell Court à Highgate?

— Bien sûr. Cependant, ce ne peut...

— Ces fleurs sont donc pour vous, Mr. Urban.

Soudain, la casquette tomba, libérant une masse de longs cheveux qui cascadèrent sur les épaules de la jeune personne. Car il était évident que ce n'était pas un garçon, mais une femme ou même une jeune fille d'environ vingt-ans. Elle s'exprimait d'une voix lente et posée.

— Il fait plutôt chaud aujourd'hui, je ne sais pas pourquoi j'ai mis ça sur la tête. Vous pouvez voir sur cette carte que ces fleurs vous sont bien destinées.

Il s'efforça de ne pas regarder ses cheveux.

— Je vous en prie, entrez. Je ne vais pas vous faire attendre là.

Elle avança un peu timidement et hésita devant les portes ouvertes ne sachant dans quelle pièce entrer.

— Par ici, dit-il. Voyons, on n'envoie pas des fleurs à un homme, à moins qu'il ne soit malade.

Elle se mit à rire. En pleine lumière, devant les larges baies vitrées, il fut stupéfait de constater à quel point elle était jolie. Grande et mince, elle avait une ossature délicate avec un visage rosé qui s'épanouissait quand elle riait. Heureusement qu'elle ne pouvait se douter qu'il l'avait d'abord prise pour un garçon! C'était sa minceur, ses sourcils épais, ce regard décidé, une certaine allure d'éphèbe qui ne la rendait que plus séduisante. Il eut brusquement conscience de la senteur profonde et agressive des chrysanthèmes.

– Où est cette carte? demanda-t-il.

Il prit les fleurs et trouva la carte fixée sur la gerbe. Le message était tapé à la machine, la signature illisible.

– Merci pour tout, lut-il à haute voix, je n'oublierai jamais ce que vous avez fait.

– Le nom est gribouillé, dit-elle en se penchant sur la carte. Ce pourrait être Ramsey ou Bowey? Non? Je peux essayer de le retrouver, si vous le désirez.

Debout devant la fenêtre, il voyait la camionnette dans laquelle elle était venue. C'était un véhicule bleu sur lequel on pouvait lire sur le côté : « Floréal, 414, Archway Road ».

– Votre magasin n'est-il pas à l'angle de Muswelle Hill Road? Je passe devant tous les jours en allant travailler.

– En semaine, nous ne fermons pas avant six heures, vous pourriez passer lundi.

– Je vous téléphonerai plutôt, répondit Martin en songeant à la difficulté de se garer.

Etait-ce un effet de son imagination ou bien la jeune fille parut-elle éprouver un regret? Après tout, il pourrait garer sa voiture à Hill Gardens et parcourir une centaine de mètres à pied.

– Je viendrai lundi vers cinq heures et demie, dit-il.

De sa fenêtre, il la regarda s'éloigner.

Martin enfila un veston et partit pour le *Flask* retrouver Norman Tremlett. Il était une heure trente-cinq. Lorsqu'il revint, la première chose qu'il eut à faire fut de mettre ces fleurs dans l'eau. Il ne connaissait personne s'appelant Ramley ou Brosey ou rien d'approchant. Il dut utiliser une carafe à eau aussi bien que le vase en cristal suédois et la coupe en porcelaine de Copenhague. Pendant un instant, il songea à offrir ces fleurs à Alice Tytherton. Elle penserait qu'il les avait choisies. C'était triste à constater, mais les chrysanthèmes étaient des fleurs laides. Martin avait toujours pensé que, par définition, toutes les fleurs étaient belles, mais celles-ci étaient affreuses, hideuses. Elles ressemblaient davantage à des légumes qu'à des fleurs. On aurait dit des sortes d'artichauts. On les imaginait facilement cuites et servies avec une sauce poulette.

Il examina à nouveau la carte. Ce n'était pas Ramsey mais, oui, bien sûr! Bhavnani! Quoi de plus vraisemblable que Mrs. Bhavnani lui envoyât des fleurs pour exprimer sa gratitude. Une Indienne ignorait que ce n'était pas la coutume en Angleterre d'adresser des fleurs à un homme et, pour un œil oriental, ces gros tubercules sphériques ne paraissaient pas aussi monstrueux.

Cependant, si c'était Mrs. Bahvnani, le message était étrangement rédigé « Merci pour tout. Je n'oublierai jamais ce que vous avez fait ». Et pourquoi serait-elle venue jusqu'à Arch Road, alors qu'il y avait une fleuriste dans le même bloc d'immeubles où elle habitait à Hornsey? Il était aussi vraisemblable que Miss Watson qui habitait Highgate fût la mystérieuse expéditrice.

Son salon était transformé et rendu un peu absurde par cet envahissement de chrysanthèmes jaune vif à l'odeur amère d'aloès. Pendant tout le temps où il les disposa, Martin se creusa l'esprit pour se souvenir de l'incident passé que lui rappelait ce parfum.

Soudain, il se souvint. Dix ou douze ans plus tôt, des amis de sa mère lui avaient envoyé des chrysanthèmes. Ils lui avaient paru délicats et fragiles avec leurs pétales rose pâle, mais l'odeur était la même. Martin se rappelait aussi être entré au salon où la frêle Mrs. Finn pleurait parce qu'elle avait fait tomber un vase qui s'était brisé. Les fleurs roses gisaient dans des petites flaques d'eau et Mrs. Finn versait des larmes amères comme si c'était son cœur et non le vase qui était brisé.

Quelle chose extraordinaire que la mémoire, pensa Martin. A quel pouvoir d'évocation arrive-t-on par association d'idées! Il revoyait Mrs. Finn telle qu'elle était cet après-midi là, pleurant sur le vase cassé ou peut-être sur son doigt coupé qui saignait en larges gouttes rouges.

CHAPITRE V

Ses fenêtres donnaient sur des jardins mal entretenus, des cabanes écroulées et une serre dont les vitres étaient brisées, mais à moins de regarder en bas, tout ce que Finn pouvait voir était le mur de briques jaunes de la maison en face, avec son escalier à incendie rouillé et ses fenêtres sur cour. Devant l'une d'elle, une femme repassait.

Finn la regarda fixement en essayant de la plier à sa volonté. Il n'avait aucun mauvais dessein. Il ne la connaissait pas, mais il voulait qu'elle se brulât légèrement avec son fer. Il se concentra.

Le fer à repasser continua à glisser tranquillement. A un moment, elle leva la tête et ne parut pas le voir. Tous les magiciens aspirent à découvrir le secret de se rendre invisible. Finn se demanda s'il l'avait trouvé. Il continua à la fixer, obligeant ses yeux à ne pas ciller, maintenant sa respiration forte et très lente.

La femme posa son fer en l'air et plia une serviette blanche. Il aurait juré qu'elle effleurait le fer de la main. Pourtant elle ne sursauta pas. Soudain, elle le regarda avec indignation. S'il avait été invisible, il ne l'était sûrement plus. Il la vit s'écarter de la fenêtre et lui-même se détourna.

Sa chambre était au deuxième étage. Elle contenait un matelas, un tabouret à trois pieds et une bibliothèque. Il y avait eu davantage de meubles, mais peu à peu, au fur et à mesure que son pouvoir sur lui-même augmentait, il en avait disposé, pièce par pièce. Il pendait ses vêtements à un crochet sur le mur. Il n'y avait pas de rideau à la fenêtre, ni de tapis sur le sol. Finn avait peint le plafond et les murs en blanc pur et brillant.

Il n'avait aucun moyen de faire cuire quoi se ce fût, mais il mangeait rarement quelque chose de cuit. Dans un coin s'entassaient des boîtes d'ananas et de jus d'ananas. La bibliothèque contenait les œuvres d'Akester Croley, *Rencontres avec des hommes remarquables, Les contes de Belzebuth à son petit-fils* par Gurdjieff, *Un nouveau modèle de l'Univers* d'Ouspensky et *La doctrine secrète* d'Helena Blavastsky. Finn avait acheté tous ces livres d'occasion dans des boutiques d'Archway Road.

Il se mit en devoir de réparer la fiche du réchaud électrique, ce qui ne lui prit que quelques minutes. Tandis qu'il enroulait le fil et plaçait le réchaud dans son sac en plastique, il entendit Lena passer devant sa porte et monter l'escalier. Elle était restée dehors toute la matinée, dans une boutique de Junction Road à l'enseigne de « Seconde chance », dépensant ainsi les deux billets de dix livres que Finn lui avait donnés sur le paiement initial concernant Anne Blake.

Les pas de Lena étaient hésitants. Rien qu'en l'écoutant marcher, il pouvait dire si elle était heureuse, effrayée ou si un mauvais moment se préparait. Il n'y avait pas eu de mauvais moment depuis près de deux ans. Finn considérait sa singularité de façon très différente de la plupart des gens, mais les mauvais moments étaient autre chose, car il en était responsable.

Il retira la robe de coton blanc qu'il portait pour étudier ou méditer et la suspendit à un crochet. Il n'y avait pas de miroir dans la pièce. Les vêtements qu'il portait habituellement, jeans, chemises de grand-père sans col, veste de velours et l'écharpe avec les piécettes, tout avait été acheté par Lena, ainsi que le rasoir à main, au manche orné de perles avec lequel il se mit à se raser. Il parvenait à voir le reflet de son visage dans la vitre, s'il se mettait un peu en arrière. Néanmoins, il se coupa. Etant donné son absence de pigmentation, il trouvait toujours étrange que son sang fût rouge comme celui des autres hommes.

Le petit salon de Lena était rempli de ses achats : une robe de soie mauve avec une frange autour de l'ourlet, une robe de chambre d'homme en soie grise, un paquet d'écharpes, une paire de bottes, plusieurs jupes et pull-over. Temporairement muette, la perruche surveillait ce déballage de son perchoir, sous une lampe style *art-nouveau*.

Dans un jour ou deux, Lena revendrait ces vêtements dans un autre magasin. Peut-être en garderait-elle deux ou trois. Elle perdait presque toujours sur ces transactions, mais parfois, il lui arrivait de réaliser un petit bénéfice.

En voyant entrer Finn, elle eut un mouvement de recul, anormalement effrayée, comme toujours, à la vue du sang.

— Tu es blessé! s'écria-t-elle comme s'il l'avait été par quelqu'un d'autre.

— Eh bien, Eh bien, dit Finn, soignons ce bobo.

Elle lui tendit un morceau de coton hydrophile. Finn le posa sur son menton. Comme tous les vêtements de Lena, il sentait le camphre. Il s'aperçut, avec contrariété, qu'elle avait ramené un journal local, le *Post* et il comprit tout de suite la cause du malaise de sa mère. Elle suivit son regard des yeux.

— Une jeune fille a été assassinée à Kilburn.

Il ouvrit la bouche pour répondre, sachant d'avance ce qui allait suivre. Elle s'approcha de lui, posa son doigt sur les lèvres de Finn et demanda d'un ton hésitant et effrayé :

— Est-ce toi ?

— Allons, dit Finn, bien sûr que non.

L'oiseau s'envola et vint se poser sur la robe mauve dont il piqueta les franges.

— Je me suis réveillée dans la nuit et j'ai eu si peur ! Ton aura était toute noire hier, ou plutôt, d'un brun rougeâtre. J'ai demandé au pendule et il m'a ordonné de descendre voir si tu étais là. Alors je suis allée écouter derrière la porte. J'y suis restée des heures, tu n'étais pas là !

— Donne-moi ça, dit Finn en lui prenant le journal avec douceur, regarde, elle n'a pas été tuée hier. Elle n'a même pas été tuée avant-hier, mais mercredi dernier. Lis toi-même. Elle est morte mercredi quinze.

Lena hocha la tête en s'accrochant à son bras des deux mains :

— Tu sais bien où nous étions mercredi dernier, n'est-ce pas ? La veille de mon anniversaire. Nous sommes restés ici toute la journée et toute la soirée avec Mrs Gogarty. Alors, est-ce fini ?

Depuis l'affaire Quennie qui avait aussi marqué le début de ses troubles mentaux, Lena supposait que tous les meurtres commis au nord de Regent's Park et au sud de Barnet étaient perpétrés par son fils. Elle le supposait du moins tant que Finn ne lui avait pas prouvé le contraire ou que quelqu'un d'autre était reconnu coupable. De temps en temps, elle éprouvait des moments de terreur durant lesquels elle redoutait son arrestation pour des meurtres commis des années plus tôt, à Harrington ou Hardesden. C'était pour cette raison, parmi d'autres, que Finn avait décidé que sa présente entreprise devait paraître un accident. S'il s'était rendu compte de ce qu'il faisait, naguère, s'il n'avait été si jeune, il aurait agi de même avec Queennie, épargnant ainsi à la pauvre Lena des angoisses supplémentaires.

– Plus de panique? demanda-t-il.

Elle acquiesça en souriant gaiement. Un jour elle oublierait peut-être. Quand il l'emmènerait avec lui aux Indes où ils vivraient à la lumière de l'ancienne sagesse.

Elle recommença à fourrager dans le tas de ses nouveaux trésors, la perruche perchée sur son épaule. Elle saisit un lainage jaune de grande taille et s'écria :

– C'est pour toi. Ta couleur préférée! Comme toutes les mères qui craignent que leur cadeau ne soit pas apprécié, elle ajouta : je l'ai payé très cher!

Finn retira sa veste et enfila le chandail jaune à col polo. Il se regarda dans le miroir de Lena. Les manches étaient un peu courtes et à l'emmanchure il y avait une petite reprise en laine vert clair, mais elle ne se voyait que s'il levait le bras.

– Il te va bien.

– Je vais le garder pour sortir.

Il la quitta tandis qu'elle notait ses nouveaux achats dans un carnet à cet usage. Finn avait déjà vu ce carnet. Quand Lena ne pouvait décrire un vêtement, elle le dessinait. Il retourna dans sa chambre prendre sa boîte à outils et le réchaud. Il était juste deux heures. Il arrêta sa camionnette au croisement de Gordon House Road et de Highgate End.

Finn avait attendu le départ des Fraser pour se remettre à l'ouvrage. Ils avaient déménagé le vendredi précédent. Sofia Ionides passait toujours le lundi à garder le bébé de son frère à Hampstead Garden. Finn ne se souciait pas qu'on le vît entrer dans la maison de Modena Road, mais il aurait préféré qu'on ne le remarquât pas quand il sortirait. A ce moment-là, cependant, il ferait nuit. Il était fort satisfait de la tournure prise par le temps. Depuis le samedi après-midi, il faisait de plus en plus froid. Le matin il avait gelé et en roulant avec sa camionnette, une neige fine avait embué son pare-brise. Si le temps était resté doux, il aurait dû remettre ses préparatifs à plus tard.

L'appartement d'Anne Blake était dans un ordre parfait et il y faisait très froid. Il n'aurait pas été prudent d'utiliser un des appareils de chauffage. Il lui fallait supporter la température.

Il fixa une fiche de treize ampères au câble qui sortait du tuyau à gaz, derrière le réfrigérateur. Puis il dressa l'échelle et grimpa dans la soupente en transportant le réchaud réparé. Il raccorda le fil du réchaud au câble qui sortait du tuyau à gaz. Le moment était venu de faire un essai. Tout marchait à souhait.

Surveillant les filaments du réchaud qui commençaient à rougir, Finn contrôla à nouveau ses dispositions pour produire l'accident parfait. Anne Blake rentrerait à six heures. Elle brancherait le chauffage électrique, y compris celui de sa chambre. Elle porterait peut-être le radiateur dans la salle de bains. Cela importait peu. Finn serait étendu dans la soupente, entre la trappe et le réservoir à eau. Quand elle serait dans son bain, il ouvrirait la trappe et ferait tomber le réchaud au bout de son fil dans la baignoire.

L'électrocution se produirait instantanément. Il sécherait alors le réchaud et le replacerait parmi les pots de verres et les magazines, une fois de plus cassé et inutilisable. Quel endroit mieux approprié pour l'abandonner? Quand toute l'installation de câbles électriques serait démontée, il ne resterait plus qu'à brancher le radiateur d'Anne Blake dans la salle de bains et à l'appuyer contre la baignoire. Mort accidentelle. Fâcheuse négligence. Le radiateur était placé trop près de la baignoire, dirait le coroner.

Finn ne ressentait aucun scrupule moral. Pour lui, la mort n'existait pas. Il envoyait seulement Anne Blake dans un nouveau cycle de son existence et peut-être dans une réincarnation d'une plus grande beauté. Pour cette fois, elle n'aurait pas à supporter les inconvénients du grand âge, mais après un bref passage dans le néant, elle pousserait son premier vagissement. Il était étrange de penser que Quennie était maintenant un enfant, à moins que son âme ignorante errât encore dans les espaces sombres.

Il remonta dans la soupente et, risquant un coup d'œil à travers un interstice entre le bord du toit et une tuile disjointe, regarda tomber la neige.

Ce fut parce qu'il se trouvait à l'extrémité du grenier, allongé sur le sol, qu'il n'entendit rien de ce qui se passait au-dessous, dans les profondeurs de la maison. Des semelles de crêpe sur les moquettes assourdissaient les pas dans l'escalier. Il ne fut alerté que par le bruit de la clé dans la serrure.

Finn aurait pu plier l'échelle à temps et fermer la trappe, mais il n'aurait pu faire disparaître sa boîte à outils. Anne Blake était revenue deux heures plus tôt que prévu. Il traversa le grenier et regarda par l'ouverture dans le plafond au moment où Anne Blake entrait dans la salle de bains et levait la tête avec une expression à la fois stupéfaite et inquiète. Il y avait des flocons de neige sur ses cheveux grisonnants.

– Que diable faites-vous là-haut? Mr. Finn?

– Je m'occupe de calorifuger les tuyaux. Nous allons avoir du gel.

– J'ignorais que vous disposiez d'une clé.

Finn ne répondit pas. A quoi bon se lancer dans des explications inutiles? Elle ne prendrait pas son bain tant qu'il serait dans le grenier, autrement, il n'aurait rien changé à ses plans. Il essairait demain. Néanmoins, il ne serait pas prudent de laisser le câble branché. Il retourna dans le grenier, débrancha le réchaud. En fait, ce serait une bonne idée de calorifuger les tuyaux. Cela lui fournirait un excellent prétexte pour revenir le lendemain.

Finn descendit de l'échelle et rangea sa boîte à outils. Le dos tourné, Anne Blake était penchée sur un tiroir au bas d'une commode. Au-dessus de la boîte à outils était posé le plus lourd des marteaux de Finn. Comme il serait facile d'agir tout de suite, de la même façon qu'il avait frappé Quennie!

Il referma la boîte et glissa le marteau dans sa poche droite.

Elle se redressa en tenant une serviette. Il resta immobile sur le pas de la porte et elle ne parut rien trouver de malséant dans son comportement. Elle demanda seulement sur un ton malgracieux.

– Avez-vous terminé ce que vous faisiez là-haut?

Finn acquiesça en la fixant de ses yeux pâles. Il savait qu'elle était mal à l'aise en sa présence, mais c'était l'impression qu'il produisait sur la plupart des gens. Seule avec lui dans cette grande maison vide, elle avait probablement peur d'être violée. Finn sourit intérieurement. Ces questions l'intéresssaient peu.

Il rangea l'échelle pliante et enfila sa veste. Il n'était

que quatre heures et demie, mais la nuit était déjà là. Anne Blake entra dans la cuisine. Le radiateur à gaz était allumé au salon, distillant une lumière bleue. Finn avait toujours le marteau dans la poche ce son jean. Il entra dans la cuisine pour dire à Anne Blake qu'il reviendrait le lendemain avec de la fibre de verre et tandis qu'elle se plaignait, demandant de quel droit Kaiafas détenait une clé de son appartement, il serra le manche du marteau dans sa main en pensant comme il serait facile... mais facile aussi de le découvrir et de l'arrêter ensuite, sans parler de la terreur de Lena.

Anne Blake oublia de lui réclamer la clé, ou peut-être entendait elle la lui demander le lendemain quand il aurait terminé son travail.

Il neigeait toujours quand il revint dans la rue, mais les flocons fondaient maintenant en touchant le sol. Finn retourna jusqu'à sa camionnette.

Dès qu'il eut refermé la portière, le blizzard commença à souffler. Les essuie-glace ne fonctionnaient pas et Finn décida de rester là jusqu'à la fin de la tempête.

Au bout d'environ vingt minutes, le vent se calma et il ne neigeait presque plus, mais il y avait beaucoup de circulation du côté de Highgate West Hill. Finn ne pouvait ni rester garé où il était, ni faire demi-tour, aussi fit-il rouler la camionnette jusqu'à l'extrémité de Modena Road. La nuit était complètement tombée, mais les réverbères étaient allumés et il aperçut Anne Blake qui sortait de la maison, tenant un parapluie d'une main et un sac à provisions de l'autre. Elle tourna en direction de Hampstead Heath. Finn emprunta la première rue, gara sa camionnette et coupa le contact. Il était cinq heures et demie.

Finn supposa qu'Anne Blake était allée voir des amis. Il n'y avait pas de commerçants dans la direction qu'elle avait prise. Il se demanda s'il devait retourner chez elle en son absence. Elle pouvait fort bien s'absenter pour au moins deux heures. Il ne faudrait à Finn que quelques minutes pour rebrancher les appareils, mais si elle avait pris son bain, il pourrait se retrouver prisonnier dans la soupente pour toute la nuit.

Il y avait peu de monde dans cette rue, par ce temps. Il se décida à descendre de voiture, traversa la route et entra, une fois de plus, dans la maison. La pluie tombait plus fort et il arriva trempé dans l'escalier. Il n'alluma pas la minuterie et entra dans l'appartement silencieux. Les rideaux n'étaient pas fermés et le salon était éclairé par un réverbère ainsi que par le radiateur à gaz qui était toujours allumé. Anne Blake ne l'aurait pas laissé brûler si elle avait eu l'intention de s'absenter longtemps.

Il entra dans la salle de bains et passa la main à l'intérieur de la baignoire. La paroi était humide ainsi que l'une des serviettes posée sur le côté. Il était donc inutile qu'il attendît. Bien qu'il fût seul dans la maison, il se glissa à pas de loup jusqu'à la fenêtre de la chambre. La pluie tombait maintenant en rafales, et les passants se faisaient de plus en plus rares.

Finn ouvrit l'une des portes de la garde-robes d'Anne Blake. A l'intérieur, parmi les vêtements, certains étaient encore recouverts d'une housse en mince polythène fournie par le teinturier. Finn en choisit une qui enveloppait une robe du soir. Il la fit glisser de son cintre et l'enfila en pratiquant deux trous pour les bras. Il était ainsi recouvert par une tunique protectrice imperméable et transparente.

La pluie s'était un peu calmée quand il revint dans la rue. Il n'y avait personne en vue. En avançant en direction de Hampstead Heath, il passa sous le couvert des arbres. Il faisait de grandes enjambées pour éviter les flaques d'eau. Soudain il comprit pourquoi il faisait si sombre à l'endroit où il se trouvait. Une des ampoules d'un réverbère ne fonctionnait pas.

Finn aimait la solitude et le silence. A l'abri des arbres, dans son étrange enveloppe de plastique, il regardait tomber la pluie et avait l'impression de faire partie des éléments, tel un homme puissant, un conquérant.

Tout à coup il entendit des pas amortis par les pavés mouillés. Il recula et la vit passer, se détachant nettement sous le dernier réverbère allumé, tenant son parapluie ouvert d'une main et son cabat de l'autre. Elle devait avoir attendu que la puie cessât pour rentrer chez elle. Après avoir regardé à droite et à gauche, elle s'engagea sous les arbres.

Finn n'avait pas plus l'intention de s'avancer pour frapper qu'il ne l'avait eue pour Queenie. Cela arriva sans qu'il en eût la volonté ou le désir. A un moment, il se tenait immobile, les yeux fixés tout droit devant lui, l'instant d'après, le marteau qu'il tenait à la main s'abattait sur elle. Queenie avait poussé un cri terrible. Anne Blake émit un son étouffé et tomba sur les genoux tandis qu'il frappait encore et encore, utilisant maintenant le côté plat du marteau.

Dans l'obscurité, il ne pouvait distinguer si le fluide sombre qui éclaboussait était de l'eau ou du sang. Il la tira loin du sentier vers l'arbre le plus proche. Son pouls ne battait plus. Elle était morte. Déjà, elle avait franchi le passage vers l'inconnu et était dans l'univers qui venait après. Il l'enviait presque.

Cette fois, Lena n'était pas là pour voir ce qu'il avait fait. Il devait le lui laisser ignorer. Il devait se laver de tout ce sang qui la terrifierait et l'empêcher de lire les journaux. Finn prit le parapluie d'Anne Blake et le roula. Il fouilla à l'intérieur du cabas et trouva un petit sac en daim dans lequel il y avait vingt-six livres en billets, un carnet de chèques et deux cartes de crédit. Il prit le tout et le glissa dans sa poche.

Quelqu'un arrivait. Finn se tapit derrière un arbre. La silhouette s'éloigna sans s'arrêter. Les pas décrurent. La pluie avait repris avec une intensité nouvelle. Finn s'avança à découvert et laissa l'eau du ciel le laver de toute souillure.

Il rinça aussi le marteau sous la pluie. Une fois revenu à la camionnette, il arracha la tunique en plastique et la roula en boule qu'il jeta dans un égout. En-dessous, il était parfaitement propre et à peu près sec. Il rangea le marteau dans sa boîte à outils. Le radiateur à gaz brûlait dans le salon d'Anne Blake.

Le problème était de se débarrasser du contenu du sac et en particulier du carnet de chèques et des cartes de crédit. Finn retourna chez lui. Il n'était que sept heures. La pluie tombait drue, comme si, ayant trouvé son rythme, elle entendait s'y tenir.

A cause de la pluie, il gara la camionnette dans le garage qu'il louait dans Somerset Grove, d'anciennes écuries, avec de vieux harnais encore pendus aux murs.

Lena était en compagnie de Mrs. Gogarty. Les deux femmes étaient penchées sur le pendule. Un châle blanc et rose avait été jeté sur la cage de l'oiseau. Mrs. Gogarty avait une abondante chevelure teintée en noir. Elle était ausi grosse que Lena était maigre.

– Eh bien! Eh bien! dit Finn, il fait bon ici. Puis-je vous emprunter une paire de ciseaux?

Dans sa robe mauve, des mètres d'écharpe enroulés autour de son cou, Lena ressemblait à l'une des trois Parques. Elle lui tendit les ciseaux.

– Quel charmant garçon est votre fils. L'image

même de la dévotion, dit Mrs. Gogarty qui faisait la même réflexion chaque fois qu'ils se rencontraient tous les trois.

Finn s'arrangea pour retirer les lunettes de sa mère du tiroir supérieur d'une commode où elles étaient nichées entre des bouts de chandelles, des bâtons d'encens et des coquillages. Il retourna ensuite dans sa chambre où il découpa les billets de banque, le carnet de chèques et les cartes de crédit en petits morceaux qu'il disposa au fond d'une vieille boîte de conserve. Il fit craquer une allumette. Il lui en fallut plusieurs avant de réduire en cendres les vingt-six livres sterling d'Anne Blake, son carnet de chèques de la Banque de Westminster. Les cartes de crédit furent plus longues à brûler et répandirent une odeur âcre de produit chimique.

En rentrant dans la chambre de sa mère, Finn laissa tomber les lunettes et marcha dessus ce qui fit sursauter Mrs. Gogarty. Finn promit à Lena de faire changer les verres dès le lendemain. Pour l'instant, avait-elle remarqué que la pluie entrait par la fenêtre? Mieux valait mettre un récipient. Dès qu'il aurait un moment, il monterait sur le toit examiner la gouttière.

— La dévotion en personne! balbutia Mrs. Gogarty.

CHAPITRE VI

La neige qui était tombée tout l'après-midi se changea en pluie quand Martin traversa Archway en cherchant une place pour se garer. Il finit par laisser sa voiture derrière le commissariat de police de Highgate et revint à pied en se demandant s'il n'arriverait pas après la fermeture de la boutique, bien qu'il fût à peine six heures moins dix.

Au cours du week-end, il s'était dit à plusieurs reprises qu'il était inutile de vérifier qui lui avait envoyé des fleurs, puisqu'il était sûr que c'était la famille Bhavnani. Le Dr Ghopal lui avait téléphoné dans la journée pour lui dire que le spécialiste du cœur se préparait à l'opération. Celle-ci aurait lieu la semaine après Noël. Il ne fallait pas perdre de temps dans l'état où était Suma. Martin voulait-il se charger lui-même de retenir les billets d'avion et de s'occuper des locations d'hôtel pour Mrs. Bhavnani? Martin avait accepté, mais s'était senti incapable de poser la question à propos des fleurs. D'autre part, il serait ravi de revoir cette jolie fleuriste...

Il l'aperçut de l'autre côté de la route. Elle rentrait des pots de bégonias. Il traversa. Un éclairage orangé se réflétait sur le feuillage et donnait un air de fête à la

69

boutique. La jeune fille se tenait dans ce décor de verdure, une gerbe d'œillets dans les bras.

– Oh! j'étais certaine que vous viendriez!

Elle se mordit les lèvres et rougit, comme si elle regrettait son exclamation spontanée. Martin ne put s'empêcher de penser qu'elle paraissait heureuse de le voir. Elle se pencha pour mettre les fleurs dans l'eau.

– Avez-vous découvert qui est l'aimable personne qui m'a envoyé cette gerbe de chrysanthèmes?

Elle ne se retourna pas tout de suite.

– Là, c'est bien ainsi, dit-elle en s'essuyant les mains à son tablier. Non, je crains que ce ne soit impossible. Voyez-vous, la personne n'a pas donné son nom. Elle a seulement écrit la carte et réglé le bouquet.

– Avez-vous remarqué si c'était une vieille femme ou une jeune? Et si elle était de race blanche... ou bien une Indienne, par exemple.

– Non. En réalité, ce n'est pas moi qui l'ai servie. Je ne l'ai pas vue. Je regrette beaucoup.

Elle retira son tablier, entra dans une pièce, au fond de la boutique et reparut avec une veste rayée rouge et bleue à capuchon.

– Si vous désiriez remercier cette personne, je crois que c'est inutile. Après tout, ces fleurs vous ont été offertes pour vous remercier. On ne peut continuer à s'adresser ainsi des remerciements indéfiniment. Naturellement, cela ne me regarde pas...

– Vous avez raison. Si vous fermez... je veux dire si vous partez ne puis-je vous déposer quelque part? J'ai ma voiture.

– Oh! vraiment? Mais vous rentrez, sans doute, chez vous et je me rends chez une amie à Hampstead. J'y vais toujours le lundi soir et vous n'avez aucune idée comme c'est compliqué pour y aller quand on ne dispose pas d'une voiture. Il faut prendre l'autobus 210 qui se fait attendre des heures et qui est toujours bondé.

Martin se mit à rire.

– Je vais chercher ma voiture. Je serai là dans cinq minutes.

Quand il s'arrêta au feu rouge, elle attendait au bord du trottoir.

– Vous êtes trop aimable.

– Pas du tout. Je suis heureux de vous rendre service.

Il se rendait compte qu'elle était le genre de fille qui rendait un homme protecteur, viril. Assise à côté de lui, elle repoussa le capuchon et le peigne qui retenait ses cheveux glissa, libérant la masse soyeuse qui se déploya sur ses épaules comme une cape.

A un arrêt de la circulation, il se tourna vers elle pour lui répondre. Elle n'avait cessé de bavarder d'une voix douce sur les difficultés de transport entre High-gate et Hampstead et elle émit le souhait qu'il y eût une station de métro à Vale of Heath.

Il garda le silence, soudain conscient qu'elle n'était pas seulement jolie, mais vraiment belle. Plus belle, peut-être, que ne l'était Tim Sage.

Il lui demanda son nom tandis qu'ils roulaient dans Spaniard's Road.

– Je m'appelle Francesca, dit-elle en prononçant le nom à l'italienne, Francesca Brown.

En arrivant chez son amie qui avait un appartement à Frognal, Francesca s'avisa qu'il était trop tôt et qu'elle ne serait pas encore rentrée de son travail. Martin proposa d'aller boire un verre à Hollybush. La pluie tombait drue, mais Martin avait un parapluie sur le siège arrière de la voiture. Il l'ouvrit et le tint au-dessus d'elle. A sa surprise, elle glissa son bras sous le sien en s'approchant contre lui, afin que tous deux fussent protégés de la pluie.

Il n'y avait pas beaucoup de monde au bar. Lorsqu'il revint vers elle en portant les deux verres, il vit ses grands yeux sombres fixés sur lui. Lentement, elle lui sourit. Le cœur de Martin battit plus fort. A huit heures, tous deux constatèrent que le temps filait vite. Néanmoins, elle traîna encore une demiheure.

– Voulez-vous dîner avec moi demain soir, Francesca?

Il avait arrêté la voiture en haut de Frognal, devant l'une des grandes maisons où habitait Annabel. Francesca hésita. Le regard qu'elle tourna vers lui était intense, sérieux.

– Qu'y a-t-il? demanda-t-il, quelque chose ne va pas?

– Non, dit-elle d'une voix contenue, nous devons nous revoir. Je le sais.

– Demain, alors?

Elle descendit de voiture.

– Venez me chercher au magasin.

Poussée par une rafale de vent, la pluie l'absorba. Elle disparut.

Il continua à pleuvoir toute la nuit. Le lendemain, tandis qu'il prenait son petit déjeuner, Martin écouta la radio. On annonçait qu'un meurtre avait été commis à Hampstead dans la soirée. Martin frissonna à l'idée qu'il bavardait avec Francesca tandis qu'une femme était assassinée, non loin de là.

Il alla chercher Francesca à six heures moins le quart. Ils prirent un verre au *Jack Straw's Castle*, puis allèrent dîner à la *Villa Bianca*. Francesca ne fuma pas, ne but qu'un verre de vin et commanda un jus d'orange en guise d'apéritif.

Lorsqu'arriva le moment de rentrer, elle refusa de se laisser reconduire. Debout devant la voiture, ils discutaient, Martin, insistant pour la ramener, Francesca prétendant que c'était inutile, quand un taxi passa. Elle l'arrêta et sauta dedans avant que Martin ait pu l'en empêcher. Le taxi tourna dans Gayson Road, ce qu'il aurait fait si elle habitait au nord de Hampstead ou même à l'est. Dès demain, il lui demanderait son adresse. Pourquoi ne l'avait-il pas déjà fait?

Il se sentit un peu honteux en se rappelant qu'il avait passé la soirée à ne parler que de lui tandis qu'elle l'écoutait avec un intérêt passionné. Naturellement, il n'avait pas l'habitude de susciter une telle attention. Pas plus ses parents que Gordon ou Norma Tremlett n'étaient suspendus à ses lèvres. Cela lui avait semblé naturel chez Francesca. Il s'était senti si flatté de cet intérêt qu'il en avait oublié de lui poser des questions sur sa vie.

Le lendemain, il l'emmena au *Prince of Wales Theatre.* Il procédait toujours ainsi quand il sortait avec une fille : dîner le premier soir, théâtre le lendemain, cinéma ensuite, puis à nouveau dîner. Jusque là, les relations qu'il avait eues avec les femmes avaient été assez peu satisfaisantes. Francesca était si belle qu'il ne put s'empêcher de le lui dire dès qu'ils eurent gagné leur place.

Elle portait une souple robe de velours rose et autour du cou un ruban piqué d'un bouton de rose. Ses cheveux étaient coiffés en chignon, comme une japonaise et maintenus en place par des peignes en écaille. Un maquillage inhabituel la rendait étrange, différente et terriblement séduisante. Elle battit des paupières sous son compliment.

– Il ne faut pas, Martin.

Il attendit la fin du spectacle et ils marchaient vers

la voiture garée dans Regent Street quand il lui dit en souriant :

– Il ne faut pas vous rendre si jolie si vous ne voulez pas de compliments!

Le ton était léger, mais elle lui répondit avec sérieux et presque avec désespoir :

– Je le sais, Martin. Je suis folle. Mais je n'ai pu m'en empêcher, ne le comprenez-vous pas? Je l'ai fait pour vous plaire.

– Bien sûr, pourquoi ne l'auriez-vous pas fait?

– Oh! je vous en prie, parlons d'autre chose!

Ils roulaient dans Highgate Hill quand il lui demanda son adresse. Elle répondit qu'elle allait descendre là et prendre un taxi. Il arrêta la voiture pour la regarder.

– Avez-vous un ami avec qui vous vivez, Francesca?

– Non, bien sûr que non, ce n'est pas un ami avec qui je vis.

L'ambiguïté de la réponse l'interloqua tellement qu'il ne s'attendait pas à ce qu'elle allait faire. Elle ouvrit la portière et descendit. Il la suivit, mais pas assez vite et avant qu'il l'ait rejointe, elle avait déjà sauté dans un taxi.

Ce soir-là il se demanda s'il était possible qu'après seulement trois jours, il fût amoureux et conclut qu'il ne l'était pas. Mais il dormit mal et n'arrêta pas de penser à Francesca. Il lui téléphona à la boutique à neuf heurs et demie le lendemain matin. Elle accepta de le revoir le soir.

Ils allèrent à un petit restaurant qu'elle connaissait en haut de Finchey Road. Il ne lui demanda pas pourquoi elle s'était enfuie et elle ne lui fournit aucune explication. Après le repas, il lui proposa d'aller prendre le café chez lui. Il se sentit un peu gauche.

74

Une telle invitation avait toujours un caractère particulier et il avait la conviction, depuis la veille, qu'elle était vierge.

Elle accepta de venir. Les chrysanthèmes jaunes étaient toujours frais et plus agressifs que jamais, seules les feuilles étaient fanées.

– Ils sont immortels, déclara Francesca.

Au bout d'une demi-heure, elle voulut partir. Il l'aida à enfiler son manteau. Elle se retourna. Ils se trouvaient si près qu'il l'attira vers lui et l'embrassa. Les lèvres de Francesca étaient douces et froides. Il la serra plus fort en l'embrassant passionnément prolongeant le baiser jusqu'à ce qu'elle s'écarte, rougissante et apeurée.

– Pardonnez-moi, Francesca chérie, cela a été plus fort que moi. Permettez-moi de vous raccompagner chez vous.

– Non!

– Alors, promettez-moi que nous nous reverrons demain.

– Voulez-vous descendre avec moi et m'aider à trouver un taxi?

Il faisait une nuit humide et brumeuse, la dernière de novembre. Ils marchèrent jusqu'à Highgate Hill.

– Puis-je venir vous chercher à la boutique demain?

Il avait arrêté un taxi et elle referma la portière en baissant la vitre.

– Non, pas demain.

– Quand alors, samedi?

Elle eut un petit sanglot, se prit le visage dans les mains et dit :

– Oh! Martin, jamais!

Si sa voiture avait été à proximité, il aurait suivi le taxi. Il retourna chez lui avec un sentiment de panique. L'avait-il perdue? A cause de ce baiser? Il était assis dans son salon quand le téléphone sonna. Le son de la voix de Francesca le fit sursauter.

– Je n'aurais pas dû dire cela, Martin. Je ne le pensais pas vraiment, mais vous comprenez, n'est-ce pas, que je ne peux pas vous voir pendant ce week-end?

– Non, je ne le comprends pas, mais j'accepte ce que vous voudrez.

– Nous nous verrons la semaine prochaine. Je vous expliquerai tout. Je vous promets que tout s'arrangera. Faites-moi confiance.

– Bien sûr, Francesca, je vous fais confiance. Si vous dites que tout va s'arranger, je vous crois. Je vous aime.

Il n'avait pas eu l'intention de dire cela. Il n'en avait pas été sûr jusqu'à cet instant et il n'était pas certain que ce fût bien le moment de le dire.

– Martin! Martin!...

Le téléphone se tut et la tonalité résonna. Il éprouvait une étrange impression à l'idée qu'il ne la reverrait pas de quatre jours. Il irait chez ses parents ce soir pour compenser son absence de jeudi. Demain il irait boire un verre au *Flask* avec Norman, ensuite il dînerait avec Adrian et Julie Wawchurch. Restait un long dimanche solitaire.

Le facteur passa de bonne heure et lui apporta la note du téléphone et une enveloppe libellée d'une écriture inconnue.

A l'intérieur, la lettre était signée Millicent Watson. Elle commençait par « Cher Mr. Urban » (alors que précédemment, elle l'appelait par son prénom).

Elle ne comprenait pas l'objet de sa lettre. Ne la confondait-il pas avec une autre personne? S'il avait l'impression qu'elle était une cliente pour sa firme et avait des investissements à faire, il se trompait. Elle ne pouvait prendre la responsabilité d'acquérir une propriété. Au surplus, elle ne serait jamais en état de rembourser l'argent qu'« Urban, Wedmore, Mackenzie et Cie » pourrait lui avancer. De toute sa vie, elle n'avait jamais eu un penny de dette et elle n'avait certainement pas l'intention de commencer maintenant. Cette proposition l'avait beaucoup contrariée et lui donnait des insomnies.

Martin lut cela avec consternation. Mr. Cochrane arriva. Il transportait une tête de loup pour nettoyer les plafonds. Cet ustensile très encombrant avait déjà était convoyé en autobus par un Mr. Cochrane de fort méchante humeur. Martin lui avait dit qu'il achèterat volontiers une tête de loup pour épargner tant d'inconvénients à Mr. Cochrane, mais celui-ci avait répliqué d'un ton furieux que ça le rendait malade d'entendre des gens qui n'avaient jamais manqué de rien, parler de jeter leur argent par la fenêtre. Martin avait peut-être l'intention de s'acheter aussi une cireuse électrique pendant qu'il y était?

Mr. Cochrane ne dit même pas bonjour. En enfilant sa blouse de travail, il se lança dans un récit incohérent sur les derniers drames vécus par sa belle-sœur, fournissant ainsi par la même occasion, des informations que Martin avait eu tant de mal à lui soutirer. La brosse de nylon glissa vers le plafond.

– Elle est sur le point d'avoir une dépression nerveuse, Martin, son médecin lui fait prendre huit valium par jour... que dis-je? Douze valium par vingt-quatre heures! Je suis allé chez elle, au N° 20 et j'ai passé la nuit à son chevet, Martin et je peux vous dire...

– Au N° 20?

– N° 20 Barnard House, en haut de Ladbrosse

Grove, combien de fois devrai-je vous le répéter? Et maintenant, poussez-vous, ou bien vous allez recevoir des toiles d'araignée sur votre élégant complet. Ces chrysanthèmes sont magnifiques. Ils ont dût coûter un paquet, mais comme on dit, ici aujourd'hui et demain bon à mettre à la poubelle.

Si seulement c'était vrai, pensa Martin en regardant ses chrysanthèmes toujours aussi frais le lundi matin.

En allant travailler, il posta la lettre à l'adresse complétée de Mrs. Cochrane. Il prit la route de High-gate afin de passer devant la boutique Floreal, mais à neuf heures vingt, elle n'était pas encore ouverte. Il attendit une demi-heure avant de téléphoner. La propriétaire du magasin répondit. Martin demanda à parler à Miss Brown et s'étonna de l'instant d'hésitation marqué par son interlocutrice avant de lui répondre qu'elle allait chercher Francesca.

A nouveau son cœur battit plus fort quand la voix douce et sérieuse s'éleva. Oui, elle le verrait demain. Elle attendait ce moment avec impatience. Viendrait-il la chercher au magasin?

Il déjeuna avec Gordon Tytherton. Ce dernier avait inventé un nouveau système de taxation. Bien entendu, il n'était nullement question de le mettre en pratique. C'était de la pure abstraction, mais Gordon en était très fier, persuadé que s'il était utilisé, ce systéme résoudrait tous les problèmes économiques de la nation. Il en parlait tout le temps. Ses yeux de myope brillaient et sa voix tremblait parfois d'émotion, comme celle d'un homme parlant d'une femme aimée ou d'un objet d'art. Martin le quitta pour se rendre à l'agence de voyages où il prit les billets d'avion pour Mrs. Bhavnani et Suma. Devait-il les porter lui-même à la boutique des Bhavnani ou les

78

expédier par la poste? Après avoir soupesé la question, il décida de les adresser au Dr Ghopal.

Francesca lui téléphona à dix heures moins vingt-cinq le mardi pour lui dire qu'elle ne pouvait le voir et qu'il ne devait pas venir à la boutique.

– Ce n'est pas possible, Martin. Il s'est passé quelque chose d'affreux. Lisez-vous le *Post*?

– Le *Post*? Quel *Post*?

– Le journal local, le *North London Post*. Je sais que vous le prenez, j'en ai vu un exemplaire chez vous. Martin, promettez-moi de ne pas le lire quand il arrivera vendredi. Je vous en prie, Martin. Je vous verrai vendredi et vous expliquerai tout.

Quand elle eut raccroché, il pensa que si elle quittait son travail, il n'aurait aucun moyen de la retrouver. Elle serait perdue pour lui. Il était amoureux d'une femme dont la vie était un complet mystère. Il ne savait ni où elle vivait, ni si elle habitait avec ses parents. Elle était comme l'une de ces héroïnes de conte de fées ou des Mille et Une Nuits qui viennent de nulle part et menacent de disparaître pour toujours si leur amoureux essaye de soulever le voile qui recouvre leur secret.

La semaine s'écoula avec une lenteur désespérante. Francesca hantait ses pensées. Pourquoi lui avait-elle demandé de ne pas lire le journal local? Il n'avait rien promis. S'il l'avait fait, il aurait respecté sa parole, mais assez étrangement, elle n'avait pas insisté.

Il s'avisa soudain qu'en réalité, elle voulait qu'il lût le *Post* parce qu'il contenait un article la concernant qui la flattait peut-être. Avait-elle gagné un concours ou réussi un examen? Il se laissa aller à imaginer que la photographie de Francesca allait paraître sur la première page avec une légende indiquant qu'elle était la plus jolie femme de Londres.

79

Le facteur et Mr. Cochrane arrivèrent ensemble. Mr. Cochrane salua Martin d'un air morose, sans rien dire de sa belle-sœur et se mit au travail. Martin ouvrit une lettre portant une oblitération de Battersea. Elle venait de Mr. Deepdene. Il n'y avait aucune méprise ou incompréhension. Mr. Deepdene écrivait qu'il n'avait jamais rencontré une telle générosité dans toutes ses soixante-quatorze années d'existence. Il était extrêmement reconnaissant et acceptait l'offre de Martin avec une immense gratitude. Martin s'enferma dans sa chambre pour écrire une courte lettre à Mr. Deepdene et glisser dans l'enveloppe un chèque de quinze mille livres. Puis il écrivit à Miss Watson en la priant de lui téléphoner afin de prendre rendez-vous avec lui.

Dehors le soleil brillait. Malgré le froid, la journée serait belle. Ce soir, il verrait Francesca. Il resta un moment à la fenêtre de sa chambre. Il aperçut le livreur de journaux dans la rue. Se détournant de la fenêtre, il alla au salon où Mr. Cochrane astiquait un plateau et où les chrysanthèmes étaient aussi vigoureux qu'au premier jour. Il porta les vases à la cuisine et jeta les fleurs dans la poubelle.

– Quel gaspillage, dit Mr. Cochrane en entrant sur ses talons, il n'y a pas un pétale fané !

Les deux journaux venaient d'être glissés dans la boîte aux lettres. Martin déplia le *Post*. Pour la seconde semaine consécutive, la première page était consacrée au meurtre de Parliament Hill. L'enquête indiquait qu'Anne Blake avait été tuée pour vingt-six livres. L'article était signé Tim Sage. Martin feuilleta le journal, en quête de ce qui avait tellement bouleversé Francesca par anticipation.

Le *Post* comportait quarante pages et il lui fallut quelque temps pour parcourir le journal. Il ne trouva rien, ni photographie, ni article. Surveillé avec curiosité par Mr. Cochrane, il examina chaque page avec plus d'attention.

Agacé par le regard scrutateur qui l'observait, il retourna dans sa chambre et se servant d'un crayon rouge, il cocha systématiquement tous les articles qu'il avait lus. Finalement, il découvrit ce qu'il cherchait page sept. Un simple entrefilet :

L'année qui vient s'annonce prometteuse pour Mr. Russel Brown, 35 ans, dont le premier livre va être publié l'été prochain. Il s'agit d'un roman historique sur la magie noire intitulé « Le Cocon de Fer ». Mr. Brown, qui est une autorité sur le XIVe siècle, enseigne l'histoire dans un collège de Londres. Il habite Fortis Green Lane avec sa femme Francesca et leur fillette âgée de deux ans. Lindsay.

CHAPITRE VII

— Puisque cette rencontre doit être la dernière, dit Martin, j'aurais aimé vous emmener dans un endroit agréable. Cependant, je suppose que cela importe peu.

Il regarda autour de lui, dans la taverne grecque d'Archway où elle avait insisté pour venir. Il jeta un coup d'œil sur les casiers en verre contenant des brochettes crues. Une odeur d'huile surchauffée flottait. Une pensée désagréable parmi tant d'autres le frappa.

— Où croit-il que vous êtes? et même où a-t-il cru que vous étiez toute la semaine dernière?

— Il a eu la grippe, expliqua-t-elle, et le docteur lui a conseillé une semaine de convalescence. Il est allé chez ses parents à Oxford et a emmené Lindsay avec lui.

— Je n'arrive pas à croire que vous avez un enfant, dit-il avec désespoir, un enfant de deux ans!

Le garçon s'approcha de leur table. Martin commanda des brochettes d'agneau pour deux et une salade. Elle lui tendit une photographie qu'elle venait de prendre dans son sac. Sans aucun enthousiasme, il regarda l'image d'une petite fille aux cheveux noirs et aux grands yeux.

– Où est-elle? Qu'en faites-vous quand vous travaillez?

Il se conduisait comme s'il doutait de la véracité de ses propos et comme si, en la questionnant, il pouvait lui faire avouer qu'elle avait menti et que le journal avait publié une fausse nouvelle.

– Elle est dans une crèche. Je l'y conduis le matin et Russel va la chercher le soir. Il rentre à la maison avant moi.

– J'ai cherché son nom dans l'annuaire. Je suppose qu'il s'agit de H. R. Brown, 54, Fortis Green Lane.

Elle hésita avant d'acquiescer.

– Ses prénoms sont Harold Russel. Il préfère le second. Russel Brown sonne mieux en littérature.

– Et moi qui me demandais pourquoi vous ne voulez pas que je vous reconduise chez vous! Je pensais que vous craigniez peut-être votre père. Je ne vous donnais pas plus de vingt ans.

– J'ai vingt-six ans.

– Oh! inutile de pleurer. Buvez ce vin. Pleurer ne sert à rien.

Ni l'un ni l'autre ne mangèrent guère. Francesca piqueta deux ou trois morceaux de brochette et repoussa son assiette. Ses grands yeux sombres reflétaient un profond désespoir et elle laissa échapper un petit sanglot. Jusque là, Martin n'avait ressenti que de la colère et de l'amertume. Un élan de pitié lui fit poser sa main sur celle de Francesca. Elle se mordit les lèvres.

– Je regrette, Martin. Je n'aurais pas dû sortir avec vous la semaine dernière, mais j'en avais envie. Je voulais m'amuser un peu. Je n'ai pas l'intention de vous apitoyer sur mon sort, mais je n'ai pas une vie très gaie... Et puis,... et puis, il n'a plus été question de m'amuser...

Il ressentit un frisson délicieux. Ne venait-elle pas d'avouer qu'elle l'aimait?

– Russel est rentré vendredi, reprit-elle. Mardi il m'a annoncé qu'il avait reçu un appel téléphonique du *Post* au sujet de son livre. Je savais qu'on en parlerait dans le journal et que vous liriez l'article.

– Je suppose que vous aimez votre mari. Vous êtes heureux, Russel, Lindsay et vous...

– Allons-nous-en, dit-elle, allons chez vous, Martin.

Dans la voiture il ne lui parla pas. Ainsi voilà ce qui arrivait quand on tombait amoureux d'une femme mariée. Rencontre clandestine, déception, sentiment d'être un traître et un corrupteur et pour finir une séparation amère sur des mots cruels, ou alors un divorce et un remariage avec une femme ravagée par l'expérience et une famille déjà constituée.

Sans doute, était-il vieux jeu. La révolution dans les mœurs qui avait eu lieu pendant son adolescence avait passé au-dessus de lui sans l'atteindre. Il restait conservateur et réactionnaire. Il aurait aimé épouser une fille vierge qu'il aurait conduite à l'église. Il ne voulait certainement pas avoir une liaison avec Mrs. Russel Brown et se trouver entraîné dans une histoire sordide. Mieux valait y couper court tout de suite.

En arrivant à Cromwell Court, il l'aida à descendre de voiture et resta un moment immobile à lui tenir le bras dans le vent glacial.

Le salon paraissait étrangement vide sans les chrysanthèmes, comme une pièce à laquelle on a retiré ses décorations de Noël. Il ferma les rideaux pour effacer de leur vue le ciel rougeoyant et la ville qui s'étendait à leurs pieds. Francesca s'assit au bord de son fauteuil et le regarda marcher dans la pièce. Il se souvint qu'une semaine plus tôt, il avait trouvé quelque chose de puéril dans son attitude. C'était au temps de sa prétendue innocence et ce temps était révolu. Elle avait le même âge que lui. Sous ses yeux, il y avait des cernes de fatigue et ses joues étaient pâles. Il regarda ses mains qu'elle tenait sur ses genoux.

– Vous pourrez remettre votre alliance demain, dit-il avec amertume.

Elle murmura d'une voix si basse qu'il eut du mal à l'entendre :

– Je ne la porte jamais.

– Vous ne m'avez toujours pas dit où il pense que vous êtes.

– Chez Annabel, mon amie qui habite Frognal, celle que je vais voir le lundi. Martin, je crois que nous pourrions nous voir le lundi.

Il s'approcha de la cave à liqueurs et se versa du cognac.

– En désirez-vous?

– Non. Je ne veux rien. Je pense que je pourrais me libérer le lundi et le samedi après-midi, si vous le voulez. Russel va toujours à White Lane quand Spurs joue.

– Je vois que vous avez une longue expérience. Combien y en a-t-il eu avant moi?

Elle chancela comme s'il l'avait frappée.

– Il n'y a jamais eu personne.

Elle avait une façon de parler très simple et sans artifice. C'était un peu à cause de cela, parce que, comme lui, elle n'avait pas l'esprit de repartie, qu'il avait commencé à l'aimer.

– Nous n'allons plus nous revoir, Francesca. Nous nous connaissons seulement depuis deux semaines. Nous pouvons encore nous séparer sans nous être fait trop de mal. Je ne vais pas me mettre entre vous et votre mari. Dans quelque temps, nous oublierons que nous nous sommes jamais rencontrés.

– Je ne vous oublierai pas, Martin. Ne savez-vous pas que je suis amoureuse de vous?

Personne ne lui avait jamais fait cet aveu. Il se sentit pâlir. Elle continua d'une voix tremblante :

– Je crois que je vous ai aimé le jour où je vous ai livré ces horribles chrysanthèmes et où vous avez dit que personne n'envoyait des fleurs à un homme, à moins qu'il ne fût malade.

– Nous allons nous dire au revoir, Francesca. Je vais appeler un taxi qui vous ramènera chez vous, près de Russel et de Lindsay. Dans un an, j'irai vous acheter des fleurs et vous ne me reconnaîtrez pas.

Il la fit mettre debout avec douceur. Elle se laissa faire passivement. S'appuyant contre lui, elle murmura :

– Ne me renvoyez pas, Martin, je ne pourrais le supporter.

En un éclair, il pensa que c'était sa dernière chance d'échapper à une liaison qu'il redoutait. Un effort maintenant et il serait un homme libre. Mais il avait aussi besoin d'amour, moins physiquement que sentimentalement. Il en avait conscience. Cependant, des lèvres fraîches cherchaient les siennes et ses mains découvraient le corps souple de Francesca. Tous deux s'étaient laissés tomber sur les coussins du sofa. Le bras nu de la jeune femme se leva pour éteindre la lampe.

Martin possédait une expérience amoureuse limitée. Il y avait eu une fille à l'université, puis celle qu'il avait rencontrée à une réception chez les Wowchurch et une autre dont il avait fait la connaissance sur la plage de Sirges, en Espagne. Il y en avait eu quelques autres encore, mais il n'avait eu des relations intimes qu'avec ces trois-là. Ces expériences, il devait le reconnaître, avaient été assez décevantes. Il y manquait quelque chose. Ce quelque chose dont on parle dans les livres et au théâtre. Sûrement, il devait y avoir autre chose que ce sentiment de soulagement, comme lorsqu'on éternue où que l'on boit un verre d'eau glacée par temps chaud.

Avec Francesca ce fut tout différent. Peut-être était-ce parce qu'il l'aimait et n'avait pas aimé les autres. Il ne s'était pas comporté différemment et elle n'avait pas manifesté elle-même une grande expérience. Elle lui avait murmuré qu'il était le seul homme qu'elle ait connu en dehors de Russel. Avant son mari, il n'y avait eu personne et depuis longtemps Russel la touchait à peine. Elle était mariée et avait un enfant, mais elle était presque aussi innocente que lui.

Elle dormit près de lui cette nuit-là. A onze heures, elle téléphona à Russel pour lui dire qu'elle passerait la nuit chez Annabel à cause du brouillard. Martin entendit le murmure d'une voix d'homme qui lui répondait avec truculence. C'était la seconde fois de sa vie qu'il passait toute la nuit au lit avec une femme. Sous une brusque impulsion, il le lui avoua et elle passa ses bras autour de son cou en se serrant contre lui.

Le lendemain matin, il regarda l'exemplaire du *Post* portant en première page la photographie de l'allée, près du pont de Nassington où le meurtre avait été commis et à l'intérieur cet entrefilet sur Russel Brown. Un siècle semblait s'être écoulé depuis qu'il l'avait lu et avait souligné le nom aimé en griffonnant ensuite, après avoir fiévreusement cherché dans l'annuaire téléphonique, le numéro de la maison de Fortis Green Lane. Il posa le journal sur le haut d'une pile dans le placard de la cuisine.

Plus tard, après avoir raccompagné Francesca jusqu'à une station de taxi, il passa chez le marchand de journaux pour demander qu'on le lui livrât plus le *Post*. Pourquoi s'était-il jamais intéressé à cette feuille de chou locale? Probablement, seulement à cause de Tim Sage.

Martin ne s'était pas attendu à revoir Francesca pendant le week-end et il n'y tenait pas vraiment, mais il avait pensé qu'il était entendu qu'ils se rencontreraient tous les soirs. Aussi fut-il fort surpris quand elle lui téléphona, le lundi matin, pour le prévenir qu'elle ne pourrait le voir ce soir-là. Lindsey avait pris froid. Peut-être pourrait-elle le voir la semaine suivante. Il fut contraint d'attendre en lui téléphonant tous les jours, très conscient de cette autre vie qu'elle menait avec un mari et un enfant et cependant parvenant difficilement à en imaginer la réalité.

Rien ne pouvait lui rendre cette réalité plus tangible que Lindsay elle-même. Le samedi après-midi, Russel se rendit à un match de football et elle ne put sortir qu'en emmenant sa fille avec elle.

– Oh! Martin, je suis désolée. J'ai été obligée de la prendre avec moi. Si je ne l'avais pas fait, je n'aurais pu venir moi-même.

C'était une jolie petite fille. Tout le monde pouvait s'en rendre compte. Brune comme sa mère, elle n'avait, d'autre part, que peu de ressemblance avec celle-ci, leur beauté étant de type différent. Francesca possédait des traits accusés et un teint coloré. Ses cheveux frisaient naturellement et ses yeux étaient noirs. Ceux de Lindsay étaient bleus, son teint olivâtre, sa bouche comme un bouton de rose. En raison de ses cheveux raides, presque noirs et très longs, elle paraissait plus âgée qu'elle ne l'était. Pendant un instant, Martin eut l'impression d'avoir devant lui le visage d'une adolescente agressive. Puis Francesca retira le manteau et l'écharpe de laine qui engonçaient l'enfant et ce fut un bébé qui émergea, une véritable poupée mécanique de trois pieds de haut.

Lindsay courut partout, examinant et transportant les cristaux suédois. Le cœur battant, Martin surveillait les opérations en se reprochant intérieurement d'être déjà un vieux célibataire endurci et plein de manies. S'il se conduisait ainsi, comment réagirait-il quand lui et Francesca auraient des enfants à eux? Lindsay se mit à sortir tous les livres de la bibliothèque et à les jeter sur le sol. Martin fut surpris que Francesca l'embrassât devant Lindsay et lui posât familièrement la main sur son épaule. En vérité, il était à la fois surpris et embarrassé, car jusqu'ici, Lindsay n'avait prononcé qu'une seule phrase, mais même lorsqu'elle l'eut répétée au moins dix fois, Francesca n'en continua pas moins à couvrir Martin de « baisers papillons » : « Je veux voir mon papa ».

C'est parce qu'elle se soucie peu que Russel soit au courant, pensa Martin et il se sentit transporté de joie. Elle sait que son mariage est terminé.

Puis il se passa un fait curieux. Martin venait de remarquer avec assez de mélancolie qu'ils n'auraient sans doute guère l'occasion de se rencontrer pendant les fêtes de Noël, lorsque Francesca répondit :

– J'ai une bonne nouvelle à t'annoncer, mon chéri : je pourrai passer tout le week-end du jour de l'an avec toi... si tu le désires!

– Si je le désire! C'est le plus merveilleux cadeau de Noël que tu puisses me faire!

– Russel va conduire Lindsay chez ses parents à Cambridge pour les fêtes.

Lindsay s'approcha et grimpant sur les genoux de sa mère en disant :

– Allons à la maison.

– Je pensais que les parents de Russel habitaient Oxford, dit Martin, ne m'as-tu pas dit que la semaine où nous nous sommes rencontrés, il avait accompagné Lindsay chez ses parents à Oxford?

Francesca ouvrit la bouche pour parler, mais Lindsay insista.

– Allons à la maison. Je veux voir mon papa.

Soulevant sa fille, Francesca déclara :

– Il faut que je la ramène. Allons, Lindsay, sois sage, nous allons partir.

Elle tourna vers Martin son regard clair et transparent :

– Les parents de Russel vivent à Cambridge, Martin. Je crains que ce soit toi qui te trompes. On associe toujours ces deux villes, c'est pour cela que tu as confondu.

Elle refusa de se laisser reconduire et insista pour prendre un taxi.

Le samedi treize décembre, Mrs. Bhavnani et Suma s'envolèrent pour Sydney et Martin, après avoir bu un verre au *Flask* avec Norman Tremlett, partit faire ses achats de Noël. Il acheta six rosiers pour son père, une eau de toilette « Rive Gauche » pour sa mère, une boîte de mouchoirs brodés pour Caroline et pour les Wowchurch qui l'avait invité le lendemain de Noël, un cache-pot en macramé. Mr. Cochrane aurait un billet de dix livres. Il ne lui restait plus qu'à penser au cadeau de Francesca.

C'était délicat. Il ne lui avait jamais vu porter de bijoux, aussi, présumait-il qu'elle ne les aimait pas. Il ne pouvait lui offrir de vêtements, ignorant sa taille, ni un parfum ne connaissant pas ses goûts. Finalement, il trouva chez un antiquaire deux flacons à parfum en cristal avec des bouchons en argent qu'il paya trente livres.

Le dimanche, il déjeuna chez ses parents. En secret, alors que son père ne les observait pas, il montra à sa mère l'article du *Post*. La première page portait en gros titre « Miracle pour un enfant malade » et montrait une photographie de Mr. et Mrs. Bhavnani en compagnie de Suma, remontant à quelques années. Vêtue d'un sari, Mrs. Bhavnani était assise sur une chaise avec le petit garçon sur ses genoux, son mari se tenait debout derrière eux.

– Regarde, souffla sa mère, on dit que l'argent du voyage a été offert par un généreux donateur qui désire garder l'anonymat.

Martin s'aperçut que le commentaire était de Tim. Il y avait un mois qu'il ne l'avait vu. Devait-il lui téléphoner et s'arranger pour le rencontrer avant Noël?

Il devait passer le soir de Noël avec Gordon et Alice Tytherton. Noël était une fête où l'on se faisait une obligation de voir ses amis et Tim avait semblé un ami plus proche que Norman ou les Tytherton. Pourquoi était-il resté aussi longtemps sans le voir? Il avait lu quelque part que nous évitons ceux que nous avons blessés, mais cela semblait absurde. N'éviterions-nous pas plutôt ceux qui nous ont blessés? Les deux axiomes étaient peut-être vrais. De toute façon, on ne pouvait dire qu'il avait blessé Tim en ne se rendant pas à son dîner. C'était lui qui s'était justement offensé des reproches et des sarcasmes de Tim. Son ami était un compagnon dangereux. Selon toute probabilité, il ne s'entendrait pas avec Francesca.

Mr. Cochrane ne vint pas le vendredi avant Noël. Il téléphona, réveillant ainsi Martin à six heurse du matin, pour le prévenir que sa belle-sœur allait être transportée dans une clinique. Il avait l'intention de l'accompagner en ambulance. Martin se demanda si c'était la raison pour laquelle Mrs. Cochrane n'avait pas répondu à sa lettre. Peut-être. Cependant, cela n'expliquait pas pourquoi Miss Watson ne lui avait pas écrit ou téléphoné et pourquoi Mr. Deepdene n'avait pas accusé réception de son chèque.

CHAPITRE VIII

Les policiers vinrent interroger Finn. Il était l'une des dernières personnes qui ait vu Anne Blake en vie. Ses amis de Nassington Road le leur avaient dit. Finn expliqua qu'il avait quitté la maison de Modena Road à quatre heures et demie, peu après le retour de Miss Blake et qu'il était rentré directement chez lui. Les policiers parurent satisfaits et semblèrent le croire. Finn songea que leur attitude aurait été différente si l'un des policiers, ce sergent détective d'un certain âge, par exemple, avait su qu'il avait été mêlé à l'enquête sur la mort de Queenie, onze ans plus tôt. Mais personne ne reliait le plombier-électricien de Lord Arthur Road au jeune adolescent aux cheveux blonds qui s'était trouvé dans la maison de Hornsey où une femme avait été battue à mort. De toute façon, Finn n'avait pas peur de la police. Il avait peur pour Lena.

Les lunettes de Lena furent réparées dans la semaine. A ce moment-là, le meurtre de Parliament Hill n'occupait plus que les dernières pages des journaux. Néanmoins, Finn craignait qu'un vieil exemplaire ne tombât entre les mains de sa mère. Aussi lorsqu'elle sortit avec son panier à provisions, la regarda-t-il partir avec appréhension.

Il ne comprenait pas l'impulsion qui l'avait poussé à assassiner Anne Blake dans la rue, alors qu'il aurait pu attendre si facilement le lendemain pour provoquer l'accident. Comment parviendrait-il jamais à dominer les autres et à contrôler leur destinée s'il ne pouvait se contrôler lui-même?

Il avait attendu tous les jours, avec une grande impatience, que le solde du paiement arrivât, apporté par un de ces enfants à la peau brune. Il le reçut enfin, juste avant Noël. L'aîné des garçons vint avec l'argent enveloppé dans un papier rouge orné de feuilles de houx et noué d'un ruban argenté. Avec ses yeux glacés et son corps squelettique dans sa robe blanche, Finn effraya le gamin qui murmura que papa avait eu la grippe et était encore atteint de pneumonie, avant de s'enfuir à toutes jambes.

Finn défit le papier rouge. A l'intérieur, un journal entourait l'argent. La première page du *Daily Miror* du 28 novembre, avec une photographie de l'allée où Anne Blake avait trouvé la mort. Finn déchira le journal en petits morceaux et les brûla comme il avait brûlé l'argent et des cartes de crédit d'Anne Blake.

Le compte y était. Deux cent cinquante billets de dix livres. Personne ne viendrait les voler. On se méfiait de lui dans le voisinage depuis qu'il avait expulsé par la force des squatters pour le compte de Kaiafas. Agenouillé par terre, il cachait l'argent dans un portefeuille sous son matelas quand il entendit Lena passer devant sa porte. Il y avait quelqu'un avec elle car elle bavardait. Peut-être Mrs. Gogarty ou le vieux Bradley que sa belle-fille fermait dehors lorsqu'elle sortait, de sorte qu'il était réduit à chercher asile à la bibliothèque ou chez Lena. Finn écouta avec un léger sourire. Lena avait beaucoup d'amis. Elle n'était pas comme lui. Elle aimait les gens. Elle avait même aimé Queenie.

Lena avait plus de quarante ans quand Finn était né. Elle n'avait jamais imaginé qu'elle pourrait avoir un enfant alors que son mari se mourait de la maladie d'Addison. Elle appela le bébé Théodore, en souvenir de son père, nom qu'il ne devait jamais porter, sauf à l'école. Pour Lena, il n'avait pas besoin de nom. Quand elle parlait de lui, sa voix avait une inflexion particulière et pour Queenie, il était toujours « chéri ». Ils allèrent vivre avec Queenie quand Finn avait six mois. Lena ne pouvait vivre seule avec un bébé. Elle n'était pas assez forte ni assez indépendante. Queenie était sa cousine germaine, veuve, comme elle. Infirmière diplômée, elle était propriétaire de sa maison. Grasse et pleine de bon sens, elle semblait bonne.

La maison de Queenie se trouvait à Middle Grove à Hornsey, au milieu d'une rangée de maisons identiques à trois étages avec un toit en ardoises. Finn aurait aimé dormir dans la chambre de Lena, mais Queenie prétendait que c'était ridicule alors qu'il y avait quatre chambres à coucher.

Lena touchait une pension des employeurs de Theodore Finn, mais elle était insuffisante pour vivre et élever Finn, aussi, plus tard, alla-t-elle faire le ménage de Mrs. Urban dans Copley Avenue, laissant l'enfant à la maison avec Queenie.

Sans qu'elle s'en rendît compte et avec les meilleures intentions du monde, le plus grand désir de Queenie était de se faire aimer de Finn afin qu'il la préférât à sa mère. Elle savait qu'elle aurait sur lui une meilleure influence que Lena. Elle lui disait des histoires édifiantes pour enfants et lui donnait une banane pour son goûter. Elle l'emmenait promener en voiture pour faire ses courses. Quand les gens le prenaient pour son fils, elle ne les détrompait pas.

Lena observait tout cela avec une angoisse muette. Elle était incapable de lutter. Elle ne pouvait qu'assister au vol de son fils avec passivité et désespoir. Mais il était inutile de lutter, car Finn ne se laissait pas séduire. Il écoutait les histoires de Queenie en mangeant son goûter, mais il retournait vers sa mère la nuit et se glissait dans son lit.

Quand il eut treize ans, les manifestations commencèrent. Lena, qui était médium, croyait qu'il s'agissait d'esprits, mais Finn était plus avisé. Parfois il sentait l'énergie courir dans ses veines comme un fluide électrique, chargeant tous ses muscles et irradiant jusqu'à l'extrémité de ses doigts. Lena vit son aura pour la première fois. Elle était rouge orangé, comme un soleil naissant.

Un jour, toutes les assiettes en porcelaine de Queenie s'agitèrent sur le vaisselier et un grand nombre se cassèrent. Une autre fois, une brique vola à travers la fenêtre de la maison et en même temps, une photographie de Queenie, dans son uniforme d'infirmière, tomba du mur où elle était accrochée et le verre se brisa.

Queenie prétendit que Finn était responsable et qu'il provoquait ces désastrse, bien qu'elle ne pût expliquer comment il s'y prenait. Ces manifestations disparurent peu après qu'il ait commencé à fumer du haschich et il les regretta amèrement; il pria même pour les retenir, s'adressant à tous les dieux ou les esprits qu'il rencontrait au cours de ses lectures, mais les manifestations ne se renouvelèrent jamais. Il décida, alors, de tuer Queenie.

Il avait pour cela un certain nombre de raisons. Il craignait ses moqueries et redoutait son aversion pour les sujets auxquels il s'intéressait. Elle avait brûlé un de ses livres sur la Rose-Croix, cette secte d'illuminés répandus en Allemagne au XVIIᵉ siècle. Il désirait aussi saovir ce que l'on éprouvait quand on avait tué. Il considérait le meurtre comme un baptême du feu vers le genre de vie qu'il voulait mener. Queenie était la victime toute désignée car elle était laide, stupide, antipathique. C'était une âme qui n'avait jamais vu la lumière. De plus, elle possédait une maison qui, elle l'avait dit et répété, reviendrait à Lena. Elle ne voyait jamais Brenda, sa fille qui vivait à New Castle et recevait seulement d'elle une carte pour Noël. Finn ne comprenait pas pourquoi sa mère désirait avoir une maison à elle, mais c'était un fait, et Finn pensait qu'elle avait plus de droit d'en posséder une que Queenie.

Il porta en lui l'idée de la tuer pendant deux ans, mais quand il accomplit son geste, celui-ci fut spontané et presque par hasard. Une nuit, Queenie le réveilla, ainsi que Lena, en prétendant qu'elle avait entendu du bruit en bas. C'était au printemps, il était trois heures du matin. Finn descendit avec Queenie. Il n'y avait personne mais une fenêtre était ouverte et une somme d'argent, environ sept livres en billets, avait été dérobée sur une étagère de la cuisine. Queenie tenait à la main le tisonnier dont elle se servait pour attiser le feu dans la cheminée du salon.

– Donne-moi cela, dit Finn.

– Que veux-tu en faire?

– Juste voir quelque chose.

Elle lui tendit le tisonnier et se retourna pour chercher ses bagues, son alliance et sa bague de fiançailles qu'elle posait chaque soir sur la cheminée.

Finn leva le tisonnier et la frappa sur le haut de la tête. Elle poussa un grand cri. Il la frappa encore et encore jusqu'à ce qu'elle se tût et que son gros corps restât immobile. Il laissa alors tomber le tisonnier et se retourna lentement pour voir Lena debout dans l'embrasure de la porte.

A la vue du sang, Lena se mit à trembler. Ses dents claquaient et elle gémissait. Mais elle prit la situation en main. Elle obligea Finn à se laver, emporta la veste et le pantalon du pyjama qu'il portait pour les faire brûler dans le poêle au milieu des morceaux de charbon. Puis elle donna un pyjama propre à Finn et le fit mettre au lit, après quoi, elle sortit pour aller chez des voisins téléphoner à la police.

Quand les policiers arrivèrent, Finn s'était rendormi. Il ne fut jamais soupçonné. Mais cette aventure poussa Lena au-delà des limites de la raison. Il y avait longtemps que son esprit chancelait. « Schizophrénie spontanée » déclara le médecin à Finn. Elle était alors à l'hôpital où on l'avait transportée après le scandale qu'elle avait provoqué chez le boucher en hurlant qu'il vendait de la viande humaine.

Ils n'avaient même pas hérité la maison. Queenie n'avait pas fait de testament et la maison revint à Brenda qui leur permit seulement de vivre là, six mois encore. Finn ne retourna pas à l'école après la mort de Queenie et, au cœur de l'hiver, après son seizième anniversaire, ils s'installèrent dans la maison de Lord Arthur Road. Lena au dernier étage et lui dans sa chambre...

Il se tenait derrière la porte, écoutant les pas qui montaient et la voix cassée de Mr. Bradley, répétant « Dieu bénisse votre bon cœur, ma chère, Dieu bénisse votre bon cœur ».

Au bout d'un moment, Finn descendit dans la rue et

alla téléphoner à Kaiafas d'une cabine au coin de Somerset Grove. Il avait besoin de travailler. Il n'avait rien fait depuis des mois. Kaiafas proposa un rendez-vous à *Jack Straw's Castle*. C'était à mi-chemin entre leurs domiciles respectifs. Ce rendez-vous était fixé deux jours après Noël.

L'air était glacial et la neige fondue avait gelé quand il se rendit à Hampstead pour rencontrer Kaiafas. Lena était sortie faire des emplettes en compagnie de Mrs. Gogarty.

Le bar était à moitié vide. Finn s'assit pour attendre Kaiafas. Il n'allait pas commander une boisson pour le plaisir de le faire. Il n'y avait là qu'une seule personne qu'il connaissait de vue. C'était un reporter du *Post*, un garçon brun aussi maigre que lui. Finn l'avait vu interroger les habitants de Lord Arthur Road pour une de ses enquêtes. Il n'était pas allé bien loin dans ses investigations. Les gens ne pensaient pas que ce qu'ils savaient pouvait intéresser la police et encore moins un journaliste.

Finn l'observa. Il s'entretenait avec un homme pompeux et il prenait des notes en fumant des cigarettes. Finn concentra sur lui tout son pouvoir de sugges-tion pour l'obliger à allumer une autre cigarette. Ce qui n'avait pas marché avec la femme occupée à repasser fonctionna immédiatement avec le reporter. Finn se sentit fier de lui. Puis Kaiafas entra. Il avait le visage ridé comme du vieux parchemin et des yeux semblables à des raisins de Malaga. Pour sortir, il portait toujours un costume clair. Ce soir il était gris-bleu sous un pardessus en peau de mouton avec un col en fourrure noire qui faisait paraître son visage encore plus blême.

– Que voulez-vous boire, *Feen*?
– Un jus d'ananas.

Kaiafas se mit à parler d'Anne Blake comme s'il n'était pour rien dans sa mort et même comme s'il n'était pas au courant, mais en même temps, il se livra à des nombreux clins d'œil et sous-entendus.

– Avec le loyer qu'elle payait, *Feen*, elle aurait pu se permettre d'avoir une voiture. Mais non, il fallait qu'elle se promène, toute seule la nuit, dans ce quartier désert, aussi voilà le résultat. Elle possédait quelques beaux meubles. Sa sœur est venue les chercher, ajouta-t-il avec regret.

– Eh bien! Eh bien! dit Finn.

– Ce mauvais vent qui souffle ne fait de bien à personne, reprit Kaiafas qui s'interrompit pour tousser.

Finn ne lui demanda pas comment il se sentait. C'était le genre de question qu'il ne posait jamais à personne.

– Un autre jus d'ananas?

Finn acquiesça.

– Avec une goutte de Vodka, cette fois, non?

– Vous savez que je ne bois pas d'alcool.

– Très bien. Et maintenant, si vous faisiez un joli travail de décoration pour moi, *Feen*? Il faudrait repeindre l'escalier, arranger l'électricité, poser une moquette neuve...

Finn répondit qu'il se chargerait de ce travail et but un second verre de jus d'ananas. Ils discutèrent un peu des travaux à exécuter puis Finn s'en alla.

Dès qu'il entra dans la maison, il comprit que quelque chose n'allait pas. Il grimpa l'escalier à la manière d'un animal qui sait qu'il ne pourra échapper à un prédateur.

Arrivé à mi-escalier, il leva la tête et vit Mrs. Gogarty penchée au-dessus de la rampe. Il accéléra le pas. Mrs. Gogarty s'accrocha à lui. Elle avait de la difficulté à s'exprimer. C'était une femme qui avait peur de tout, des espaces fermés, des foules, des araignées, des souris, des chats, de la solitude, d'un bruit soudain et du silence, mais elle avait plutôt moins peur de la folie et de ses manifestations que la plupart des gens. Elle en avait tant vu d'exemples! Finn parvint à lui tirer quelques explications.

En compagnie de Lena, elle était allée au marché aux échanges de Hampstead et en attendant l'autobus, elles avaient remarqué, collée à un réverbère, une affiche qui avait effrayé Lena. Quelle sorte d'affiche? demanda Finn. Mrs. Gogarty ne put que répéter le mot « meurtre » à plusieurs reprises. Ce fut suffisant pour éclairer la lanterne de Finn. Lena avait vu les affiches de la police faisant appel à la population pour donner des renseignements concernant le meurtre de Parliament Hill.

– Que s'est-il passé?

– Elle a crié que c'était vous le coupable. Pas votre charmant garçon, ai-je essayé de lui dire, mais elle ne voulait rien entendre. Heureusement, un taxi est passé. J'ai eu du mal à l'obliger à y monter. Elle est menue, mais elle déploie une force peu commune quand elle est dans cet état.

– Où est-elle à présent?

– Chez elle, pelotonnée dans un fauteuil. Elle prétend que vous avez commis ce meurtre, puis elle supplie qu'on ne la renvoie pas là-bas. Je sais ce que cela signifie et je lui ai promis qu'il n'en serait rien.

– Attendez-moi là, dit Finn.

Il entra dans sa propre chambre. Sur une étagère de livres, derrière les contes de Belzébuth, se trouvait une fiole contenant une seringue hypodermique et des ampoules de chlorpromazine. Devait-il lui en administrer une forte dose? Cinquante milligrammes ou soixante-quinze? Finn n'avait pas d'ami, mais il avait des relations qui pouvaient lui procurer n'importe quoi. Mrs. Gogarty était toujours devant la porte de Lena, le visage couvert de pleurs.

Finn entra dans la petite cuisine. Lena était blottie dans un fauteuil, les jambes ramenées sous elle, les bras croisés sur sa poitrine. En le voyant, elle sauta sur lui et noua ses mains autour de sa gorge en pressant de toutes ses forces.

Mrs. Gogarty poussa un petit cri et ferma la porte. Finn chancela sous la pression de sa mère. Il glissa ses mains sous les doigts qui l'enserraient et la força à lâcher prise, puis il la fit pivoter sur elle-même et la tint contre lui, maintenant ses poignets d'une main ferme. Elle murmura comme une litanie :

– Ramène-moi à la maison, je veux retourner à la maison.

Finn n'osait pas la lâcher. Il n'ignorait pas qu'elle l'attaquerait encore, car elle ne savait déjà plus qui elle était et où ils se trouvaient. Il se tourna vers Mrs. Gogarty.

– Faites-lui sa piqûre.

Elle s'approcha avec crainte pour prendre la seringue, mais elle avait vu souvent procéder à l'opération. Finn aurait pu se servir d'une camisole de force, mais il répugnait à en arriver là. Il maintint Lena tant que la drogue n'eut pas produit son effet. Il la souleva, alors, comme une enfant et la porta sur son lit.

– L'image même de la dévotion, murmura Mrs. Gogarty.

– Pouvez-vous rentrer chez vous par vos propres moyens?

Le gros visage poupin acquiesça.

– N'avez-vous pas peur de l'obscurité?

– Il faisait déjà nuit à quatre heures de l'après-midi. De toute façon, je suis protégée.

Elle lui montra l'amulette qu'elle portait autour du cou.

Finn couvrit Lena et resta à son chevet durant toute la nuit. Avant l'aube, il lui administra une autre piqûre et elle resta tranquille, presque sans respirer, comme si elle était déjà morte. Il ne savait pas ce qu'un médecin aurait ordonné et il n'avait pas l'intention d'en appeler un. Un médecin ferait interner Lena et il ne pouvait le permettre. De plus, elle pourrait recommencer à délirer à propos des meurtres.

Tout recommença dans la matinée. Elle ne le reconnaissait pas. Il n'était pas son fils, mais le meurtrier de Queenie qui, depuis, avait assassiné cent autres femmes. Elle cria si fort que l'un des voisins vint dire qu'il allait appeler la police si tout ce tapage ne cessait pas.

Finn prépara du lait chaud avec du phénobarbital qu'il fit boire à Lena. Devant le manque de résultat, il lui fit ingurgiter de force du cognac. Il était terrifié à l'idée qu'il pourrait forcer la dose et la tuer, mais il devait faire cesser ses cris. Ils avaient traversé tant de moments terribles ensemble, combattant le monde, explorant l'invisible, approchant d'étranges agents inconnus. Elle finit par s'endormir en pleurant et il resta près d'elle, scrutant son visage contracté, serrant sa main aux veines saillantes. Il n'avait jamais été si près d'éprouver de la tendresse pour une créature vivante.

Le dimanche, elle se mit à tourner en rond dans la pièce; touchant les murs du doigt comme si elle était aveugle, soulevant un objet, le tâtant et le sentant avant de le reposer. Quand elle s'endormit, il descendit l'oiseau dans sa chambre. Elle pourrait tuer la perruche en la serrant dans ses mains, puis elle sangloterait parce qu'elle serait morte. Il lui fit reprendre du phénobarbital tous les jours jusqu'à ce que son regard se fixât sur lui et que sa voix redevint normale pour dire :

— Ne les laisse pas m'emmener, Finn.

— Tu sais bien que je ne le permettrai pas.

Elle pleura pendant des heures en se tenant le visage dans les mains et en secouant la tête d'avant en arrière. Elle pleura jusqu'à ce que toutes les larmes de son corps aient enfin noyé sa folie.

CHAPITRE IX

— Trois hourras pour les Trois Mousquetaires! dit Norman Tremlett en levant son verre de gin et tonic.

Il prononçait cette phrase tous les ans à Noël depuis dix ans et la répéterait pendant tous les Noël à venir s'il en avait l'occasion. Naturellement, il faisait allusion à lui, Martin et Adrian Vowchurch.

Adrian eut son sourire tolérant et résigné en tendant à Norman le plat de crackers. Bien que ce cérémonial eût lieu tous les ans, Norman affectait de trouver que c'était une nouveauté. Personne ne s'en formalisait parce que Norman était si gentil et si bien intentionné.

Norman, Adrian et Martin avaient fréquenté la même école et chacun d'eux, dans son domaine particulier, était entré dans la firme de son père. Norman était géomètre, Adrian, notaire. Norman prétendait parfois qu'ils formaient un triumvirat. Martin éprouvait un plaisir considérable et un sentiment de puissance en pensant que ses meilleurs amis avaient une situation assise et il était certain qu'ils avaient la même impression à son sujet. Lui-même gérait les affaires financières des Tremlet et des Vowchurch et quand il avait acheté son appartement, Norman était venu l'expertiser et Adrian s'était occupé de la transaction.

Parmi eux, seul Adrian était marié. A cause de Francesca, Martin se sentit plus proche de lui cette année qu'il ne l'avait été depuis longtemps. Adrian avait épousé une riche héritière et ils vivaient dans une élégante maison à Barnsbury. Ils recevaient d'une façon qui convenait à Martin : pas trop de monde et seulement des gens qu'il connaissait. De bons vins, pas de buffet, mais un repas traditionnel. Il n'y avait pas de musique bruyante et les invités se groupaient pour bavarder. Martin ne pouvait s'empêcher de penser que Tim avait probablement une soirée de Noël très différente avec beaucoup de bruit et d'allées et venues. Se trouvant seul un moment avec Adrian, Martin dit brusquement :

– Il y a une jeune fille que j'aimerais vous présenter à toi et à Julie la prochaine fois que vous recevrez.

– Ce sera pour l'anniversaire de Julie en mars. Est-ce une affaire sérieuse, Martin?

– Aussi sérieuse que possible. Elle doit divorcer et elle voudra... il s'interrompit, ne voulant pas enfreindre leur règle de ne jamais parler affaires quand ils se rencontraient en privé... Eh bien, je l'amènerai pour te la présenter, si tu le permets.

– Volontiers, Martin et toutes mes félicitations. Je suis très heureux pour toi.

Les félicitations semblaient un peu prématurées. Francesca et lui ne se connaissaient que depuis un mois. Mais il était certain qu'aucune femme ne lui conviendrait mieux que Francesca et si, avant qu'il pût l'avoir toute à lui, il fallait d'abord passer par un divorce et peut-être quelques ennuis avec sa famille, le résultat en valait la peine.

Russel devait conduire Lindsay à Cambridge par le train le vendredi suivant, après être allé la chercher à la crèche. Martin, quant à lui, irait attendre Francesca devant sa boutique. A plusieurs reprises, il lui avait fait préciser que les parents de Russel vivaient bien à Cambridge. C'était ridicule. Elle devait savoir où habitaient ses beaux-parents et l'insistance de Martin était déplaisante, comme s'il doutait d'elle et cherchait à la surprendre à mentir. En lui téléphonant, il s'était excusé, disant qu'il ne comprenait pas comment il avait pu confondre Oxford et Cambridge. Francesca s'était contentée de rire en affirmant qu'elle avait tout oublié de l'incident.

La température était resté très froide depuis Noël. Mr. Cochrane, portant une toque de fourrure qui le faisait ressembler à Brejnev, arriva avec cinq minutes de retard, en annonçant qu'il avait glissé sur le verglas et pensait avoir le bras cassé. Cependant, comme il avait intercepté le courrier et tenait une lettre dans sa main droite et sa valise dans la gauche, Martin en conclut qu'il exagerait son état. Il ne dit pas un mot de sa belle-sœur et commença à vaquer à ses occupations. Sans s'occuper de son humeur morose, Martin ouvrit sa lettre.

Cher Mr. Urban,

Je suis navrée de vous apprendre que mon père est décédé le 11 décembre. Il paraissait en bonne santé la veille, mais il a été trouvé mort dans son fauteuil par la femme de ménage le lendemain. Apparemment, il venait de lire son courrier. Il tenait encore votre chèque à la main. Je ne comprends pas la raison pour laquelle vous avez adressé à mon père un chèque de cette importance, mais je vous le retourne avec mes excuses pour ne pas l'avoir fait plus tôt.

Sincèrement vôtre.
Judith Lewis.

Martin fut horrifié. Avait-il, en fait, tué le pauvre Mr. Deepdene par sa bonté? On pouvait le croire. Mr. Deepdene avait soixante-quatorze ans. Son cœur était peut-être faible et bien qu'il s'attendît à recevoir de l'argent, la vue du chèque avait pu provoquer une émotion suffisante pour le terrasser. Martin l'imagina ouvrant l'enveloppe, parcourant la lettre, puis lisant le montant du chèque et son vieux cœur fatigué avait brusquement cédé... que se passe-t-il exactement dans une attaque cardiaque?

– Faites attenion en roulant avec ce verglas, Martin, cria Mr. Cochrane pour dominer le bruit de l'aspirateur. Prenez garde où vous posez le pied. Voyez dans quel état est mon bras. Ne soyez pas surpris si c'est votre tour la semaine prochaine.

La mort de Mr. Deepdene troubla Martin toute la journée. Un client, un chanteur qui commençait à connaître la notoriété, l'invita à déjeuner, mais ne parvint pas à distraire ses pensées et il eut du mal à se concentrer pour expliquer, en buvant le café, pourquoi le coût d'une salle de musique dans la maison du chanteur était déductible de ses impôts, alors que l'installation d'une piscine ne l'était certainement pas. Il continuait à penser à Mr. Deepdene qu'il imaginait frêle et délicat, tenant le chèque à la main et s'écroulant en lisant le montant.

Avait-il tort, de poursuivre ce qu'il avait entrepris? jouait-il au bon Dieu sans avoir la sagesse et l'expérience essentielles à Dieu? Jusqu'ici, les seuls résultats de sa philanthropie semblaient être d'avoir donné des insomnies à une vieille demoiselle et d'avoir provoqué un choc mortel chez un vieux monsieur. Naturellement, il restait Suma Bhavnani, mais celui-ci pouvait aussi mourir sur la table d'opération. Cependant, son dessein était simple : fournir un toit à quelques personnes dans le besoin souffrant de la difficulté à se loger.

Il écrivit une lettre de sympathie à Judit Lewis et se sentit mieux ensuite. Ou peut-être était-ce parce qu'il allait revoir Francesca dans une heure? Après tout, Mr. Deepdene aurait aussi bien pu mourir d'une crise cardiaque, qu'il lui eût envoyé ou non le chèque. Il était âgé et c'était ce que l'on appelait « une belle mort ».

L'enseigne du *Floreal* brillait de tous ses feux et la vitrine était garnie de géraniums roses. Francesca vint au-devant de lui. Elle avait revêtu sa robe de velours. S'il y avait quelque chose que Martin n'aimait pas en Francesca, c'était sa façon de s'habiller. La plupart du temps, elle portait des jeans, des jupes froncées dont l'ourlet pendait, des tuniques informes, des châles, de gros cardigans et des écharpes à franges. En un mot, elle s'habillait à la manière des hippies et une paire de bottes lacées sortait habituellement de sa jupe en coton imprimé. Ces oripeaux ne nuisaient pas à sa beauté, ils la masquaient. Mais dans sa robe de velours rose, Francesca était mise en valeur. On appréciait sa fragilité, la minceur de sa taille, ses longues jambes et le rose délicat de ses joues. Elle noua ses bras autour du cou de Martin et l'embrassa avec tendresse.

Dès qu'ils arrivèrent à l'appartement, il lui offrit son cadeau de Noël. Avec les flacons de parfum en cristal, il avait ajouté de l'eau de toilette « Ma griffe ». Assez curieusement, bien qu'elle admirât les flacons en déclarant qu'ils étaient ravissants, il eut l'impression qu'elle était déçue.

Après dîner – des steaks grillés et une salade – il lui demanda si Russel s'attendait à ce qu'elle lui téléphonât. Elle répondit que Russel et elle s'étaient disputés et qu'ils ne se parlaient plus.

– C'est à ton sujet, Martin. Je lui ai dit que j'aimais un autre homme.

Martin lui prit la main. Elle s'approcha plus près de lui sur le sofa et posa la tête sur son épaule.

– Tu vas le quitter et divorcer pour m'épouser, n'est-ce pas?

– Je le désire, mais...

– Qu'est-ce qui te retient? Je t'aime et tu m'aimes. Tu peux rester ici. Va chez toi demain pour chercher tes affaires. Tu n'auras pas besoin d'y retourner.

Elle ne répondit pas, mais lui mit les bras autour du cou.

Plus tard, dans la chambre, il la regarda se déshabiller. Elle ne semblait pas en avoir conscience. Il n'y avait en elle, ni fausse modestie, ni désir de se montrer provocante. Elle se dévêtait lentement, avec la concentration d'un jeune enfant. Son corps était extraordinairement blanc pour quelqu'un qui avait les cheveux et les yeux aussi noirs. Tout en étant très mince, elle parvenait à avoir des formes. Il pensa à ces filles-fleurs dans les dessins d'Arthur Racklam. Soudain, alors qu'elle se retournait, Martin vit que le haut de son bras portait une ecchymose, mais ce n'était rien comparé à la contusion qui marquait sa hanche et sa cuisse jusqu'au genou.

– Francesca!

Elle essaya maladroitement de couvrir son corps avec ses bras.

– Comment diable t'es-tu fait cela?

L'explication ne lui serait jamais venue à l'esprit. Il ne vivait pas dans ce genre de monde, mais la détresse qu'il lut dans ses yeux rappela la querelle dont elle avait parlé.

– Tu ne veux pas dire que Russel...

Elle hocha la tête.

– Ce n'est pas la première fois, mais cela a été la pire.

Il la prit tendrement dans ses bras.

– Il faut venir vivre avec moi, tu dois le quitter, tu ne dois jamais retourner près de lui.

Mais le lendemain elle refusa d'aller chercher ses affaires à la maison de Fortis Green Lane. A la fin du weel-end, elle rentrerait chez elle comme prévu. Elle devait être à la maison avant le retour de Russel et de Lindsay. Martin n'insista pas. Il ne voulait surtout pas gâcher les trois jours précieux qu'ils passaient ensemble.

Le samedi après-midi, ils allèrent faire des achats à Hampstead.

Martin n'avait jamais accompagné une femme dans les magasins et il trouva cela assommant. Francesca admira beaucoup une robe et un manteau en daim et surtout un pantalon en cuir qui lui parut immettable. Francesca ne remarqua pas le prix. Pour ce genre de choses, elle se montrait aussi naïve qu'un enfant dans un rayon de jouets. Il songea un instant à lui acheter la robe et le manteau, mais il vit que l'ensemble coûtait trois cents livres et il n'avait pas cette somme à son compte courant. De plus, que dirait Russel si Francesca ramenait des vêtements de ce prix chez elle?

Finalement, parce qu'elle paraissait si désenchantée, il lui offrit un petit pull-over à manches courtes sur lequel elle s'était attardée. Martin pensa qu'il était d'un prix ridiculement élevé à quinze livres, mais peu importait s'il faisait plaisir à Francesca.

Ils allèrent au théâtre, puis ils dînèrent chez *Iniqo Jones.*

Norman Tremlett se présenta, de façon inattendue, le lendemain matin à dix heures et demie. Francesca venait de se lever et sortait de la salle de bains en robe de chambre. Il était visible qu'elle ne portait rien dessous. Martin remarqua avec beaucoup d'orgueil et de plaisir que les yeux de Norman s'ouvraient tout grands. Francesca ne pensa même pas à s'habiller. Elle était tout à fait inconsciente de la sensation qu'elle provoquait et elle s'assit pour parler avec intérêt d'une pièce qu'ils avaient vue.

— Tu es un cachottier, murmura Norman quand Martin le raccompagna. Je n'aurais jamais cru cela de toi!

Au fond de lui-même, Martin était ravi d'être traité en Casanova, mais il ne pouvait laisser passer Francesca pour une femme légère, si cette expression avait encore un sens de nos jours.

— Nous allons nous marier, déclara-t-il.

— Vraiment! C'est merveilleux! Je suppose qu'Adrian sera ton garçon d'honneur?

Martin se mit à rire :

— Ce ne sera pas ce genre de mariage.

— Je vois. Parfait. Enfin, si tu as jamais besoin de quelqu'un... tu sais ce que je veux dire. Eh bien, tu sais à quelle porte frapper.

Le jour de l'an, Francesca mit le chandail qu'il lui avait offert. Les manches courtes laissaient paraître les bleus sur ses bras et elle s'enveloppa d'un de ses châles. A quatre heures, elle annonça qu'elle devait partir. Russel et Lindsay seraient à la maison à six heures au plus tard.

— Je vais te ramener en voiture.

— Chéri, c'est inutile. Il a encore gelé. Il y aura du verglas. Il ne faut pas endommager ta jolie voiture.

— Non, Francesca, je ne céderai pas cette fois. Russel ne sera pas là pour nous voir arriver, si c'est ce qui te tracasse. Je vais te reconduire chez toi, même si je dois te mettre de force dans la voiture. Est-ce entendu ?

– Oui, Martin, bien sûr, je ne discute plus. Tu es un amour et je suis une horrible ingrate.

– Non. Tu es un ange et je t'adore.

Il n'avait jamais accordé beaucoup de pensées à la maison dans laquelle Francesca vivait, mais à présent qu'il allait la voir, il se sentit envahi par la curiosité.

Il était probablement déjà passé dans Fortis Green Lane dans le passé, mais il ne s'en souvenait pas. Il aida la jeune femme à enfiler son manteau rouge et bleu avec le capuchon.

– Si j'avais su qu'il ferait aussi froid, j'aurais pris ma fourrure. Elle eut un de ses sourires sérieux qui la faisait paraître si jeune : j'ai un vieux manteau de fourrure qui a appartenu à ma grand-mère.

– Quand nous serons mariés, je t'achèterai un vison. Ce sera mon cadeau de noces.

Francesca ne lui donna aucune indication sur la route à suivre. Quand elle était avec lui, il avait l'impression qu'elle était contente de lui laisser l'initiative des décisions à prendre. Après un dernier virage, ils se trouvèrent dans Fortis Green Lane.

La nuit commençait à tomber, mais le ciel restait clair. Les réverbères allumés diffusaient une lumière jaune qui se détachait sur ce ciel indigo. Fortis Green Lane était une longue rue sinueuse. Ça et là, on apercevait une demeure victorienne à trois étages en briques rouges, mais les petites maisons basses prédominaient. Elles n'étaient pas laides, mais Martin pensa qu'il ne pourrait jamais habiter un tel quartier. Au fond de lui-même, il avait toujours méprisé les gens qui y vivaient. Russel Brown, qui avait trente-cinq et qui, apparemment, n'était pas un va-nu-pieds, puisqu'il était professeur et écrivain, ne pouvait-il trouver un logement plus décent pour sa femme et son enfant? Pauvre Francesca!

Le n° 54 était la dernière de deux maisons jumelles, ce qui signifiait qu'elle avait une entrée sur le côté. Elle se trouvait à l'angle d'une rue où d'autres maisons semblables se perdaient dans le crépuscule. Leurs toits étaient si bas qu'au-dessus, on apercevait les branches d'arbres de ce qui devait être Coldfall Wood.

Il descendit de voiture et aida Francesca à descendre. Il n'y avait pas de lumière dans la maison. Son mari et sa fille n'étaient pas encore rentrés. Tenant sa valise à la main, Martin se mit en devoir d'ouvrir la petite grille en fer forgé.

— Il ne faut pas entrer, chéri, dit-elle en lui prenant le bras.

— Serait-ce si grave si Russel et moi nous nous rencontrions? Cela se produira fatalement un jour. Je suis sûr qu'il ne me ferait rien.

— Non, mais il pourrait s'en prendre à moi, plus tard.

C'était l'évidence même. Il avait vu les traces de coups. Il n'était pas vraiment déçu de ne pas voir l'intérieur de la maison. Il pensait qu'elle ne l'embrasserait pas en le quittant, par crainte des voisins, mais elle le fit. Là, dans la rue, elle se jeta dans les bras de Martin et l'embrassa sur la bouche en se collant à lui. Francesca était ainsi, trop innocente pour deviner la cruauté et la malice qui se cachaient dans le cœur d'autrui.

Il remonta en voiture. Elle se tint immobile, lui faisant un signe d'adieu de la main, son petit visage tout pâle sous le réverbère. Il manœuvra pour reprendre le chemin par où il était venu. Quand il eut fait demi-tour, elle avait disparu.

CHAPITRE X

Bien que Martin eût confié à Francesca presque tout
ce qui lui était arrivé dans le passé, son état présent et
ses projets d'avenir, il ne lui avait rien dit de ses gains
au concours de pronostics. Il ne s'expliquait pas
pourquoi il ne l'avait pas fait. Peut-être était-ce parce
qu'elle vivait encore avec son mari. Il considérait
Russel Brown comme un sale individu, en dépit de son
instruction et de ses talents littéraires. Si Francesca
disait à Russel que l'homme qu'elle aimait avait gagné
cent mille livres à un concours de pronostics, Russel
pourrait essayer de lui extorquer de l'argent. Martin
avait décidé qu'il n'en parlerait pas à Francesca tant
qu'elle n'aurait pas quitté son mari.

Comme il le craignait, il ne la revit que le lundi
suivant. Dans l'après-midi de ce jour-là, le Dr Ghopal
lui téléphona pour lui dire que l'opération pratiquée
sur Suma Bhavnani avait eu lieu le cinq janvier et était
une complète réussite. Cette nouvelle eut un effet
tonifiant sur Martin. Jouer au dieu tutélaire était
possible, après tout.

A l'heure du déjeuner, il avait mangé un sandwich
en compagnie de Caroline qui l'avait régalé avec une
longue histoire édifiante sur un jeune couple de ses

amis qui payait soixante pour cent de leurs salaires réunis pour la location d'un appartement meublé. Ils ne pouvaient se permettre d'avoir un enfant par manque de place. L'appartement se trouvait à Friern Barnet. En prétendant connaître quelqu'un qui connaissait une personne susceptible d'avoir un appartement à louer en avril, Martin s'arrangea pour obtenir les nom et adresse de ce jeune ménage.

Ce soir-là, après avoir emmené Francesca dîner au *Cellier du Midi* et l'avoir renvoyée à Russel en taxi, il ajouta un nouveau nom à sa liste. Celle-ci se composait ainsi de Miss Watson, Mr. Deepdene, Mrs. Cochrane, Mrs. Finn, Richard et Sarah Gibson. Il raya le nom de Mr. Deepdene, posa un point d'interrogation après celui de Mrs. Cochrane et composa une lettre pour Mr. Gibson en commençant par mentionner le lien avec Caroline Arnold et demandant s'il accepterait de le rencontrer un soir de la semaine prochaine pour discuter d'une proposition qu'il pourrait lui faire concernant un appartement.

De toute évidence ce n'était pas une bonne idée d'exposer carrément dans une lettre préliminaire qu'il disposait d'une importante somme d'argent. L'effet avait été désastreux sur Miss Watson et Mr. Deepdene. Mieux valait rencontrer les gens et leur parler face à face.

Il n'avait plus demandé à Francesca de quitter Russel. Il avait espéré qu'elle dirait quelque chose. Peut-être n'avait-elle pas osé. C'était une jeune femme si effacée. La prochaine fois qu'il la verrait, il insisterait pour établir des plans définis. Il se promena dans son appartement en pensant aux modifications qu'il y apporterait quand Francesca serait là.

Il achèterait un divan et deux fauteuils. Les meubles en rotin pourraient aller dans la chambre, ou sur le balcon pour remplacer les deux chaises en osier. Le sol de la salle de bains devrait être changé. Il ferait poser une moquette blanche à longs poils qui plairait à Francesca. Il achèterait aussi une armoire, la penderie restant réservée à ses propres vêtements.

Mr. Cochrane pousserait probablement les hauts cris quand il découvrirait que Martin vivait avec une femme. Martin imaginait facilement sa tête et ses commentaires. Ils pourraient toujours prétendre qu'ils étaient mariés ou, après tout, Mr. Cochrane n'aurait qu'à s'en aller et Francesca tiendrait la maison. Martin ne voulait pas qu'elle continuât à travailler dans cette boutique de fleuriste ou ailleurs quand elle aurait quitté Russel.

Dès qu'il reçut la lettre de Martin, Richard Gibson lui téléphona. Il se montra direct et un peu soupçonneux.

– Ecoutez, Mr. Urban, Sarah et moi nous sommes déjà laissés prendre à ce genre de propositions. Si vous me faites vraiment une offre sérieuse, très bien, je vous en suis reconnaissant, mais si c'est seulement une possibilité ou si l'affaire doit nous passer sous le nez, alors nous préférons n'entendre parler de rien. Et autant vous dire tout de suite que nous n'avons pas d'argent pour payer une reprise.

Martin répondit que l'offre était sérieuse et qu'il n'était pas question de reprise. Il souhaitait le rencontrer pour en discuter. Richard Gibson déclara qu'il était libre n'importe quel soir de la semaine suivante et que le plus tôt serait le mieux, aussi Martin accepta-t-il d'aller à Friern Barnet le lundi.

Il quitta le *Flask* de bonne heure le samedi parce que Francesca venait à deux heures. Elle n'arriva qu'à cinq heures passées. Elle portait le chandail qu'il lui avait acheté et sentait « Ma griffe ». Aussitôt, il lui fit part de ses projets pour l'appartement. Quand allait-elle parler à Russel? Quand le quitterait-elle? Il supposait qu'elle voudrait emporter certains meubles aussi bien que ses vêtements et dans ce cas, ils devraient...

— Je ne peux venir vivre ici, Martin.

Elle s'exprimait avec nervosité et se mit à se tordre les mains. Il la considéra avec surprise.

— Que veux-tu dire, Francesca?

— J'y ai beaucoup réfléchi et ce n'est pas possible. Comment pourrais-je m'installer ici? Ce n'est pas assez grand.

Stupéfait, il répéta stupidement :

— Comment cela « pas assez grand »? Que veux-tu dire? Presque tous les autres appartements similaires de cet immeuble sont occupés par des gens mariés. Il y a cette grande pièce, une chambre, une vaste cuisine, la salle de bains, que veux-tu de plus?

— Il ne s'agit pas de ce que je veux, Martin. Il y a Lindsay. Où la mettrai-je?

Jamais il ne lui était venu à l'esprit qu'elle pourrait amener l'enfant avec elle. Pour lui, Lindsay faisait partie de son passé. C'était l'enfant de Russel plutôt que de Francesca. Mais naturellement, il n'en était pas ainsi. Il aurait dû s'en douter. Une mère n'abandonnait pas une enfant de deux ans. Lindsay deviendrait donc sa fille. Cette idée était troublante. Il leva les yeux et rencontra le regard triste de Francesca. Elle ne se douterait jamais de l'effort qu'il dût s'imposer pour parler comme il le fit.

— Elle pourra dormir ici ou avoir un lit dans notre chambre.

— Oh! Martin, tu me rends la situation encore plus difficile! Ne vois-tu pas que nous ne pourrions vivre tous les trois entassés de la sorte? Je ne peux arracher ma fille à son père, à sa maison pour venir vivre ici, ne le comprends-tu pas?

– J'essaie, ma chérie, mais quelle alternative reste-t-il? Nous n'en avons aucune.

Son amour-propre était blessé par ce refus, surtout en songeant à la maison sordide dans laquelle elle vivait. Après son départ, il se sentit furieux. S'attendait-elle à ce qu'il quittât l'appartement qu'il aimait pour acheter une maison, à seule fin de loger sa fille plus commodément? Cette pensée fut immédiatement suivie par un sentiment de remords. Ne s'agissait-il pas de Francesca, sa bien-aimée? Il trouverait un moyen de tout concilier. Dès que Francesca aurait signifié à Russel qu'elle voulait divorcer, peut-être voudrait-il s'en aller? N'était-ce pas ce que faisaient les gens en pareilles circonstances? Martin se demanda s'il ne pourrait, lui-même, passer deux ou trois nuits par semaine à Fortis Green Lane.

Le lundi soir à huit heures, il se rendit à son rendez-vous à Friern Lane. L'appartement était aussi horrible que Caroline le lui avait décrit. Les Gibson lui offrirent du Nescafé en exprimant leur surprise de le trouver si jeune. Sarah Gibson avait le teint mat et des cheveux coiffés en bandeaux, ce qui la faisait ressembler à Elizabeth Barrett Browning. Son mari était blond et beau garçon. Il expliqua qu'il était brancardier dans un hôpital et gagnait trente-sept livres par semaine.

Lorsque Martin leur déclara, avec beaucoup de difficulté et en cherchant ses mots, qu'il avait l'intention de leur donner l'argent pour acheter un appartement, ils refusèrent de le croire.

– Pourquoi feriez-vous une chose pareille? dit Sarah, vous ne nous connaissez pas.

Martin répondit qu'une fortune lui était échue – ce

qui était la stricte vérité. Il exposa ses motifs, il décrivit ses expériences avec Miss Watson et Mr. Deepdene. Il désirait aider un jeune couple, précisa-t-il.

– O.K. C'est parfait pour vous, mais quelle sera notre position à votre égard? Nous serons vos obligés notre vie durant. De toute façon vous voulez certainement tirer quelque chose de cette transaction.

Martin se sentit perdu. Il ne trouva rien à répondre. Il aurait souhaité n'être jamais venu. Richard Gisbon reprit :

– Si vous êtes vraiment sérieux, nous pourrions envisager une sorte d'emprunt à long terme. Nous sommes tous deux professeurs, mais nous n'avons pas de travail. Vous nous prêteriez une certaine somme et nous vous rembourserions cet argent dès que nous aurons un emploi stable, comme un loyer.

Ce n'était pas ce que Martin avait envisagé, mais c'était le seul arrangement auquel les Gibson acceptaient de souscrire. Il dit que cette transaction pourrait se faire par l'intermédiaire d'un de ses amis notaire, Adrian Vowchurch. Il dresserait l'acte pour un prêt sans intérêt, remboursable au gré de l'emprunteur. Sarah Gibson continuait à le dévisager fixement, les sourcils froncés. En reconduisant Martin jusqu'à la porte, Richard Gibson conclut :

– Sincèrement je ne pense pas que j'aurai de vos nouvelles. Voyez-vous, je n'arrive pas à vous croire.

– L'avenir prouvera que vous vous trompez.

Martin était en colère. Moins contre les Gibson que contre le monde, la société, la civilisation – ou prétendue telle – qui devait être dans un joli état si l'on ne pouvait accomplir un geste d'altruisme sans faire penser aux gens que vous êtes fou. Sarah Gibson l'avait pris pour un schizophrène, il l'avait lu dans ses yeux. En revenant, il passa tout près de chez Francesca, mais elle n'était pas chez elle maintenant. Le lundi elle allait chez son amie Annabel, elle le lui avait encore répété samedi.

Pourtant, comme il aurait aimé la voir! Le moment était venu de lui parler de cet argent, de lui raconter comment il l'avait gagné. De toute façon, il serait agréable d'être avec elle et de bavarder. Pour la première fois, il éprouva une impression qu'il n'avait jamais connue avant de la rencontrer : la solitude. Il était près de neuf heures. Pourquoi n'irait-il pas chez Annabel à Frognal pour ramener Francesca chez lui? Il ignorait le nom de famille d'Annabel, mais il connaissait la maison où elle habitait. Il s'était garé devant sa grille, après leur première rencontre. Verrait-elle un inconvénient à ce qu'il vint la chercher? Il ne le pensait pas. Elle avait rencontré Norman Tremlett chez lui. Il était temps qu'il connût ses amis.

En dépit de ces arguments, il ressentit une certaine appréhension en traversant Hampstead Lane. Annabel connaissait-elle son existence? Il ne faisait rien de clandestin ou de déshonorant. Il allait seulement chez une amie voir la femme qui allait devenir la sienne. Il rangea sa voiture le long du trottoir et traversa la route. Une brume glacée le prit à la gorge. Dès qu'il serait seul avec Francesca, il lui dirait qu'il avait l'intention de vendre son appartement et d'acheter une maison pour y vivre avec elle et Lindsay. Consentirait-elle à habiter Cromwell Court jusqu'à la réalisation de cette double opération?

La maison devant laquelle il s'était garé en novembre était grande. Il s'agissait presque d'un hôtel particulier avec un jardin d'agrément rempli de buissons maintenant dépourvus de leur feuillage. La maison était divisée en trois appartements et Martin fut surpris de constater qu'il n'y avait pas de nom, mais seulement des numéros à côtés des sonnettes. Il avait prêté peu d'attention à la maison la première fois. Aujourd'hui, en regardant les briques rouges, les colombages, le toit de tuiles et les innombrables fenêtres, il se demanda comment une jeune fille seule, amie et contemporaine de Francesca, pouvait avoir les moyens de vivre dans un endroit pareil.

Puis, parce que l'étage supérieur paraissait le plus modeste, il appuya sur la sonnette du haut. Au bout d'une minute, une femme blonde d'une quarantaine d'années ouvrit la porte. Martin s'excusa de la déranger. Pouvait-elle lui dire à quel étage habitait une jeune fille prénommée Annabel? Il venait voir sa fiancée qui était une de ses amies.

– Annabel? répéta la dame, il n'y a personne de ce nom ici.

– Mais si, une jeune fille qui vit seule.

– Personnellement j'occupe le dernier étage avec mes deux fils. Mr. et Mrs. Cameron habitent au premier. Ils sont âgés et n'ont pas d'enfant. Le rez-de-chaussée est occupé par Sir John et Lady Bidmead, le peintre dont vous connaissez le nom, sans doute. La maison leur appartient. Je les connais depuis vingt ans et ils n'ont pas de fille.

Martin s'avisa, alors, que Francesca ne lui avait pas désigné cette maison en précisant qu'Annabel y habitait. Il était possible qu'elle ait parlé de la maison voisine. Celle-ci était un peu plus modeste.

Un homme âgé répondit à son coup de sonnette. La propriétaire était Mrs. Frere qui occupait tous les lieux. Lui-même était son valet de chambre, sa femme étant la cuisinière. Martin s'adressa encore à deux autres maisons, mais personne n'avait entendu parler d'Annabel.

122

L'étonnement qu'il éprouva domina la déception de ne pas voir Francesca. Il essaya de se rappeler ce qui s'était passé dans la soirée du vingt-sept novembre. Elle était descendue de voiture et s'était retournée pour dire « Venez me voir demain au magasin » avant de disparaître sous la pluie battante. Il se souvenait très bien qu'elle lui avait dit qu'Annabel habitait à côté.

Annabel était-elle un prétexte? Francesca l'avait-elle inventée? La confusion sur l'endroit où habitaient les parents de Russel lui revint en mémoire. Elle avait dit Oxford la première fois, il en était certain.

Il retourna chez lui. Sans allumer la lumière, il s'installa à sa fenêtre pour regarder Londres. Il vit les tours éclairées briller dans la nuit. Il les voyait et cependant il ne distinguait rien. Il ferma les yeux. Etait-il possible qu'Annabel fût un mythe, inventé au profit de Russel? Mais alors, pourquoi utiliser le même mensonge à son égard? Quelle raison pouvait-elle avoir? Vivait-elle dans un monde imaginaire, une vie fantaisiste? Il avait entendu parler de cas de ce genre. Peut-être qu'aucune personne dont elle parlait n'existait vraiment... Mais ce n'était pas possible. Le nom de Russel avait paru dans le journal et Lindsay était une réalité bien tangible. Il alluma la lumière, ferma les rideaux et se servit un whisky. Qu'était-il arrivé pour qu'il se mit à douter ainsi de Francesca? Comme bien des femmes, elle déformait la vérité afin de se rendre intéressante.

Cette nuit de novembre, elle lui avait raconté qu'elle avait une amie qui habitait dans ce quartier résidentiel afin de l'impressionner et par la suite, elle n'avait pu revenir là-dessus. De même, les parents de Russel habitaient probablement Reading ou Newmarket, mais les deux grandes villes universitaires lui étaient venues à l'esprit parce qu'elles étaient plus prestigieuses.

Il resta éveillé une partie de la nuit en pensant à Francesca.

Il avait l'habitude de lui téléphoner tous les jours, mais il laissa passer le lendemain et le jour suivant sans l'appeler. Francesca ne travaillait pas le jeudi. Elle lui avait dit qu'elle passait ses jeudis à faire des courses, à nettoyer la maison et à sortir Lindsay. Il se demanda s'il y avait quelque chose de vrai dans tout ce qu'elle lui avait raconté. Comme tous les jeudis soirs il alla dîner chez ses parents. Sa mère lui dit qu'une voisine l'avait vu faire des achats à Hamstead avec une très jolie brune. Martin secoua la tête en affirmant qu'on l'avait pris pour un autre.

Le lendemain matin, il téléphona à Adrian Vowchurch et lui exposa l'arrangement qu'il entendait prendre avec Richard Gibson. Adrian ne marqua aucune surprise en apprenant que Martin disposait de mille cinq cents livres et se proposait de les prêter sans intérêt.

A onze heures, Martin était en conversation avec un client quand Francesca téléphona. Il dut promettre de la rappeler dans une demi-heure et durant ce laps de temps, il s'efforça de calmer son impatience. Quand il fut enfin seul, sa main tremblait tandis qu'il composait le numéro.

L'explication de l'affaire d'Annabel était si simple qu'il se maudit d'avoir eu des doutes et d'avoir passé trois jours à se torturer.

— Chéri, Annabel a déménagé juste après Noël. Elle habite Mill Hill maintenant.

— Mais personne n'a jamais entendu parler d'elle dans les trois maisons où j'ai sonné!

— T'es-tu adressé dans celle où vit la vieille dame?

— Je viens de te le dire, et dans les deux suivantes.

– Mais pas dans la troisième?

– Est-ce là qu'elle habite?

– Habitait, Martin, rectifia Francesca. Oh! chéri, as-tu vraiment cru que je te mentais? Ne me fais-tu donc pas confiance du tout?

– C'est parce que nous ne sommes pas vraiment ensemble. Les jours passent et je te vois à peine. Je me demande tout le temps ce que tu fais dans ton autre vie que je ne partage pas. Francesca, si je mets mon appartement en vente et que j'achète une maison pour toi, moi et Lindsay, viendrais-tu vivre avec moi jusqu'à la conclusion de la vente?

– Martin chéri...

– Viendrais-tu? Cela ne prendra pas plus de trois mois, puis nous pourrons vivre dans la maison. Dis que tu acceptes!

– Ne discutons pas de cela au téléphone, Martin. On m'appelle au magasin. A bientôt, chéri.

Il aurait voulu lui envoyer des fleurs, mais cela aurait semblé ridicule. Il préféra acheter une boîte de chocolats qu'il lui apporta en allant la chercher le lundi.

Il gara la voiture un peu plus loin et revint à pied dans le brouillard. Les lumières oranges de la boutique brillaient bizarrement, donnant à l'endroit un aspect mystérieux de caverne. Francesca n'était pas seule. Lindsay l'accompagnait. Perchée sur le comptoir, elle était occupée à arracher les feuilles d'une plante grasse.

– La crèche était fermée, dit Francesca, leur chauffage est en panne. J'aurais voulu te téléphoner, mais j'avais envie de te voir, même si ce n'est qu'un petit moment.

– Tu as eu une rude journée, dit Martin en la prenant dans ses bras, viens vivre avec moi et tu n'auras plus besoin de travailler. Tu pourras rester à la maison avec Lindsay.

— J'ai eu une explication avec Russel. Il a dit qu'il accepterait de divorcer, mais l'ennui est Lindsay. Russel l'adore, tu dois le comprendre, et il a dit... il a dit que si j'allais vivre avec toi, il demanderait le divorce à son profit pour obtenir la garde de l'enfant!

— Francesca, c'est ridicule, pourquoi ferait-il une chose pareille? Une enfant si jeune a besoin de sa mère.

— Oh! il trouvera un moyen! Il a étudié le droit.

— Je croyais qu'il était professeur d'histoire?

— Oui, mais il a suivi aussi des cours de droit. Il prétent qu'il s'est occupé de Lindsay plus que moi. C'est lui qui va la chercher le soir à la crèche. Il a des témoins. Le juge lui donnera raison, surtout s'il prouve que je veux Lindsay pour aller vivre avec mon amant.

Lindsay jeta les feuilles par terre et se mit à pleurer. Francesca la serra contre elle et dit d'une voix dure :

— Nous rentrons à la maison en taxi.

— Francesca, laisse-moi te reconduire, tu ne trouveras jamais de taxi par ce brouillard.

— Non, vraiment, Martin, il ne faut pas.

— Pourquoi donc? Nous serons chez toi en dix minutes. Et puis cela me permettra de rester un peu plus longtemps en ta compagnie.

— Je veux voix mon papa, dit Lindsay.

— Si tu crains que Russel ne me voie, je te déposerai à cent mètres de ta maison.

— Très bien, Martin, fit Francesca de sa voix douce qu'il aimait, conduis-moi à la maison. Je ne veux pas me montrer ingrate. C'est si aimable à toi.

Il leur fallut plus de dix minutes car le brouillard était épais. Le ciel lui-même, d'un gris presque blanc, se confondait avec les hauteurs de Highgate. Chaque véhicule était guidé par le feu arrière de celui qui le précédait. Assise sur les genoux de sa mère, Lindsay dévorait les chocolats que Martin avait apportés. Elle aimait la plupart, sauf ceux à la liqueur qu'elle mettait dans la bouche de sa mère après y avoir mordu. Des papiers d'argent s'éparpillaient sur le sol de la jolie voiture impeccable de Martin.

Francesca voyait que Martin était choqué par l'usage cavalier qui était fait de son présent, mais elle s'en souciait peu. Il n'aimais pas Lindsay et le montrait. Pour Francesca c'était si monstrueux que chaque fois qu'elle avait envie de tout abandonner et de lui dire la vérité, elle se rappelait son expression quand il regardait sa fille et elle se durcissait et poursuivait sa comédie.

Précisément, il regardait Lindsay de cette façon en ce moment, alors qu'ils étaient arrêtés à un feu rouge. C'était le regard poli qu'un hôte bien élevé adresse au chien d'un ami.

— Tu le vois toi-même, Martin, elle aurait tôt fait de transformer ton bel appartement en taudis.

— Les choses seraient différentes si nous avions une maison. Elle aurait sa chambre et un jardin. Ecoute, je comprends que tu ne veuilles pas vivre avec cette enfant dans mon appartement, mais si je le mets en vente demain et que je cherche une maison, tu pourrais rester avec Russel jusqu'à ce que j'aie trouvé, qu'en penses-tu?

— Je ne sais pas, Martin.

— Veux-tu y réfléchir, ma chérie? Je t'en prie. Je le désire tellement. Je ne sais plus que suggérer. Tu souhaites venir vivre avec moi, n'est-ce pas?

127

Il faisait si froid et elle avait encore un long trajet devant elle. Francesca n'eut pas le courage de répondre non. Elle sourit en lui prenant la main.

– C'est entendu, alors. Tu ne viendras pas vivre avec moi dans cet appartement et tu attendras que j'aie acheté une maison. Je te demande seulement de te faire à cette idée. Me promets-tu de réfléchir?

– Je ne pense pas... commença Francesca, mais Lindsay lui enfonça un chocolat dans la bouche et elle ne put terminer sa phrase car Martin garait la voiture. Ils étaient arrivés.

Elle posa Lindsay sur le trottoir et descendit de voiture. Il faisait froid et humide. Une pluie pénétrante avait remplacé le brouillard. Martin voulut l'embrasser. Elle se pencha à la portière pour lui tendre ses lèvres fraîches.

– Je te téléphonerai demain matin, Francesca.

– Entendu.

Elle tenait Lindsay d'une main et serrait la boîte de chocolats contre elle de l'autre. La petite fille piétinait sur place.

– Et tu auras pris une décision favorable, n'est-ce pas, chérie?

Francesca avait déjà oublié ce qu'elle avait à décider. Elle répondit en lui adressant un sourire radieux, laissant ainsi toutes les options ouvertes. Martin s'éloigna avec cette expression blessée qui exaspérait tant la jeune femme.

Quand la voiture eut disparu, elle remonta Fortis Green Lane dans la direction opposée à celle prise par Martin. Il les avait déposées devant le N°26. Quand elles arrivèrent au N°54, Francesca s'arrêta un moment en regardant la maison avec curiosité. Elle n'était pas éclairée. Sur le pas de la porte se trouvait une bouteille de lait.

– Porte-moi, Maman, dit Lindsay.

– Non, tu es trop lourde.

– Lindsay portera les bonbons

– Voilà un argument que je ne peux repousser.

Francesca souleva sa fille qui lui donna un baiser poisseux sur la joue. Le trottoir était recouvert d'une boue épaisse. En marchant, elle s'éclaboussa les jambes. Elle se dit qu'elle devait avoir l'air d'une de ces héroïnes de roman victorien qui erre, au premier chapitre du livre, par une nuit de brouillard avec un enfant dans les bras. Elle leur ressemblait d'autant plus qu'elle portait des bottes lacées et le vieux manteau de fourrure de sa grand-mère. En dépit du froid et de la fatigue, elle éclata de rire.

– Pas drôle, dit Lindsay avec colère.

– Non, tu as raison, mais quand tu seras grande, tu comprendras que l'on ne rit pas toujours de ce qui est drôle. Il y a d'autres raisons. Je dois être folle. Pourquoi l'ai-je laissé nous reconduire ici, Lindsay? Je suppose que je n'arrivais plus à supporter cette expression sur son visage. Une chose est certaine : je ne le reverrai pas. C'est bien fini et papa pourra bien dire ce qu'il voudra.

– Lindsay veut voir son papa.

– Il ne sera pas à la maison avant nous, même en nous traînant à cette allure.

– Je veux mon papa!

– Nous allons d'abord prendre l'autobus. Cela va t'amuser. Tiens-moi par le cou, tu glisses.

Lindsay réagit en laissant tomber la boîte de chocolats. Francesca dut se baisser pour la ramasser; elles étaient maintenant arrivées à un croisement et Francesca chercha l'arrêt de l'autobus. Soudain un taxi sortit des grilles de l'hôpital de Coppets Wood. Le chauffeur parut ne pas connaître Samphire Road, même quand Francesca lui eut expliqué que ce n'était pas loin de la station de métro de Croch Hill. Cependant il accepta de l'y conduire sous sa direction.

Lindsay se mit à pleurer en criant qu'on lui avait promis une promenade en autobus et elle hurla si fort que sa mère se rendit compte qu'elle énervait le chauffeur. Pour la faire taire, elle la bourra de chocolats. La course se monta à deux livres et Francesca pouvait difficilement se permettre cette folie.

Le trottoir était encore plus boueux et glissant que celui de Finchley. Le taxi les avait conduites dans un quartier triste et désert. Des rues entières avaient été démolies pour laisser la place à de nouvelles constructions. Des terrains vagues séparaient des amas de décombres et d'immeubles en ruine. Même par temps sec, les rues étaient rendues bourbeuses par la gadoue apportée par les roues des tracteurs et des camions. Une atmosphère de tristesse sans espoir régnait partout.

Cependant, Samphire Road était à la limite du nouveau quartier. Ses maisons aux murs épais comme des forteresses défiaient les siècles. Francesca ouvrit la porte du N° 22, peinte quelques années plus tôt dans un ton rouge sang et entra, avec Lindsay, dans le vestibule de l'appartement du rez-de-chaussée. A l'intérieur, il régnait un froid comme dans une vieille maison sans chauffage central qui est restée inoccupée depuis plusieurs heures.

L'humidité était encore plus pénétrante que le froid. Francesca poussa Lindsay dans la cuisine où elle alluma le four à gaz et brancha un appareil électrique mural. La vaisselle du petit déjeuner encombrait encore l'évier. Elle retira le manteau de Lindsay et son propre manteau de fourrure qu'elle posa sur une chaise pour le faire sécher.

Avec sa fille, elle se tint devant la porte du four et toutes deux approchèrent leurs mains de la flamme bleue. Au bout d'un moment, Lindsay déclara qu'elle avait froid aux pieds, aussi Francesca alla-t-elle à la recherche de ses pantoufles fourrées. Dans le vestibule, il faisait aussi froid que dehors. Il n'y avait que deux autres pièces dans l'appartement, la pièce de devant où se trouvaient deux fauteuils, une table, un piano et un divan convertible en lit et la chambre où dormait Lindsay. Francesca tira les rideaux pour masquer la baie vitrée et alluma un radiateur à gaz. Il fallait le laisser chauffer au moins une heure avant de pouvoir coucher Lindsay. Les pantoufles étaient introuvables. Francesca entra dans la seconde pièce, baptisée « salon », mais où l'on ne pouvait se tenir de novembre à avril. Elle découvrit les pantoufles sous le piano. Le lit n'était pas fait. Il ne l'avait pas été depuis plusieurs jours et il n'avait pas été utilisé en divan plus de cinq ou six fois depuis la naissance de Lindsay.

– Où est mon papa? demanda la fillette.

– A une réunion sur l'histoire d'Hornsey.

– Je ne veux pas me coucher avant que mon papa soit rentré.

– Très bien, tu peux l'attendre.

Francesca prépara des œufs brouillés et en tartina deux tranches de pain. Elle s'installa devant la table pour boire une tasse de thé pendant que Lindsay se barbouillait de chocolat. Francesca lui essuya le menton avec la nappe. Elle pensait à Martin. C'était le paradis d'être dans un appartement comme celui de Cromwell Court et d'aller dîner à la *Villa Bianca*. Elle aimait le confort et le luxe et y aspirait d'autant plus fort qu'elle ne les avait jamais connus. Ce dernier week-end avec Martin l'avait tellement alanguie qu'elle avait vraiment songé à devenir sa femme.

– Voilà mon papa, cria Lindsay.

La porte d'entrée claqua. Il y eut un bruit de pas. Francesca ne se leva pas, tandis que sa fille bondissait de sa chaise, mais elle ne s'aventura pas dans l'entrée glaciale, même pour accueillir ce père tant attendu. Celui-ci entra en repoussant de la main une mèche de cheveux bouclés.

– Salut! dit Francesca.

– Salut!

Il prit la petite fille dans ses bras et la fit sauter en l'air.

– Comment va mon trésor? T'es-tu bien tenue dans le magasin de maman? Je parie que l'on t'a nommée directrice!

– Oh! Tim, dit Francesca, nous avons passé une soirée affreuse, attends que je te raconte!

CHAPITRE XI

— Aussi, je ne vois pas l'utilité de continuer, conclut Francesca.

Tim et elle s'affrontaient au-dessus de la table où traînaient des papiers graisseux et un exemplaire du *Post* qui avait servi à envelopper le poisson frit et les chips que Tim avait rapportés pour dîner.

La cuisine était maintenant chaude et pleine de fumée. La condensation embuait les vitres. Lindsay avait été mise au lit dix minutes plus tôt.

— Puis-je avoir une autre cigarette s'il te plaît? Je ne peux fumer quand je suis avec lui, cela ne cadrerait pas avec mon image et cela me tue, je peux bien te l'avouer.

Tim lui donna une cigarette en fronçant un peu les sourcils et en faisant la moue, mais il reprit la parole sur son habituel ton ironique.

— Oui, mon chou, mais pourquoi jeter le gant? Pourquoi *maintenant* quand tout se présente aussi bien? Dans nos prévisions les plus optimistes nous n'avions pas prévu qu'il tomberait amoureux de toi, ou bien ne l'est-il pas? Ma chère petite fille n'a-t-elle pas un peu exagéré en prétendant que Livingstone voulait l'épouser?

– Oh! je ne m'en suis pas tenue à la stricte vérité, Tim, qui le fait, du reste? Mais je ne mens jamais délibérément. Ah! Seigneur! J'ai bien failli me faire coincer avec cette histoire d'Annabel!

Francesca éclata de rire. Son regard se posa sur les yeux bleus de Tim et elle rit un peu plus fort.

– Oh! Seigneur! Quelle rigolade! Mais soyons sérieux. Je ne vois pas l'utilité de poursuivre ce jeu dangereux parce qu'il ne conduit nulle part. Tout ce que j'y gagnerai, c'est de perdre mon emploi. S'il se met dans la tête de venir me chercher au magasin, je serai obligée de m'en aller pour lui échapper. Que pensions-nous tirer de toute cette histoire, Tim? Je ne m'en souviens même plus!

– Mais si tu t'en souviens, ma belle! De l'argent, bien entendu. Des perspectives, des occasions, dit Tim en allumant une Gauloise, et en plus, une petite revanche.

– N'est-ce pas bien curieux? Il prétend m'aimer et tout ça, mais il ne se confie pas à moi. Il n'a jamais soufflé un mot sur les concours de pronostics et je ne crois pas qu'il ait jamais rien gagné.

– Ne fais-tu pas confiance en la mémoire fidèle de ton oncle Tim? Je te le répète, si je mourais et que l'on m'ouvrît le cœur, on trouverait gravé au fond le détail de ce coupon. Bien sûr, il existe une chance infime pour que Miss Urban n'ait pas envoyé le coupon, mais s'il l'a fait, il est certain qu'il a touché le gros paquet.

Tim parlait toujours de Martin en l'appelant « Livingstone » ou « Miss Urban » quand il se sentait facétieux. Pour une raison qu'elle ne comprenait pas elle-même, Francesca trouvait cette humeur extraordinairement sexy. En de telles occasions, elle se sentait soudain fondre et était prête à tout. Mais elle ne voulait pas de cela pour le moment.

– Eh bien, reprit-elle, quand tu lui as envoyé ces affreux chrysanthèmes, tu m'as dit de faire du charme et d'accepter de sortir avec lui parce qu'il avait plein d'argent et pas de petite amie. Tu as prétendu qu'il me prêterait de l'argent pour ouvrir une boutique de fleuriste ou qu'il me ferait des cadeaux importants. Rien de cela n'est arrivé. Il est seulement tombé amoureux de moi. Il n'est même pas tellement inté-réssé par la question sexuelle. Il ne veut pas seulement coucher avec moi, il m'aime vraiment. Et tout ce qu'il me propose, c'est de vivre avec lui dans son apparte-ment ou dans une maison qu'il veut acheter. A quoi bon tout cela? Pourquoi continuer si le seule issue est de me sauver pour lui échapper?

– On aurait pu croire que Livingstone te ferait un cadeau un peu plus important que ces drôles de flacons qu'il t'a offerts. Cent livres n'est pas une somme importante à investir dans une bague ou un bracelet par ces temps d'inflation. Et les fourrures? Ma chère petite fille ne frissonne-t-elle pas dans sa vieille peau de bique?

– Il a bien parlé d'un vison, dit Francesca en éclatant de rire, mais quand nous serons mariés. Il m'a offert des chocolats ce soir. Lindsay s'en est gavée. Tiens, regarde!

– C'est une coquine, elle n'a laissé que ceux au nougat et à la noix de coco.

– Sa dernière trouvaille est de vendre son apparte-ment pour acheter une maison où nous irions vivre, lui, moi et Lindsay, aussi je suppose qu'il doit avoir quelque argent.

– Qu'est-ce que je te disais! Sais-tu ce que raconte Krishna Bhavnani? C'est Linvingstone qui lui aurait donné l'argent pour faire opérer son fils.

– Vas-tu en parler dans le *Post?*

– Oui, si tu le quittes. Non si tu continues à le voir. De fausses nouvelles ont souvent été publiées dans le *Post,* pour une fois, une vraie sera escamotée.

Francesca sourit. Elle se leva et vint se placer derrière Tim, plaçant ses mains sur ses épaules et se penchant pour regarder avec amour le visage de Nureyev.

– Je peux continuer à le voir encore un peu, Tim. Je le verrai mercredi si tu penses que cela en vaut vraiment la peine. Maintenant que je suis au courant pour le petit Indien, je peux essayer de lui soutirer un manteau de fourrure ou une bague. Nous pourrions les revendre.

Tim se frotta le visage contre les mains douces en émettant une sorte de ronronnement.

– As-tu branché la couverture chauffante?

Il avait acheté une couverture électrique pour Noël.

– Oui, je l'ai branchée en couchant Lindsay.

– Alors pourquoi ne viens-tu pas te coucher pour me raconter comment tu t'es mal conduite avec ce bon Dr Linvingstone?

– Miss Urban, murmura Francesca.

– Ma chère petite fille devrait avoir honte de parler ainsi devant son oncle Tim?

Francesca et Tim vivaient ensemble depuis trois ans. Tim était venu s'installer dans l'appartement de Samphire Road au lieu d'y passer seulement ses nuits quand Francesca s'était trouvée enceinte de Linsay. Ils n'avaient jamais envisagé la possibilité de se marier et n'auraient pu le faire, du reste, car Francesca était encore l'épouse de Russel Brown.

Après leur rencontre dans les bois, Tim avait invité Martin à plusieurs reprises, mais celui-ci avait toujours refusé. Ces refus avaient-ils blessé Tim, comme Francesca le pensait? Il était difficile de le dire. Puis était arrivé ce samedi de novembre où Tim avait contrôlé ses bulletins de pronostics pour constater, comme d'habitude qu'il n'avait rien gagné, alors que la formule qu'il avait donnée à Martin avait remporté le gros lot.

Francesca s'était inquiétée en voyant Tim attendre l'appel téléphonique de Martin avec de plus en plus d'impatience. Son caractère gai et placide était troublé par l'anxiété nerveuse de Tim. Les jours avaient passé sans que rien n'arrivât. Aussi tendu qu'une corde d'arc, Tim s'était rendu au rendez-vous chez Urban, Wedemore, MacKenzie et Cie, mais Martin n'avait toujours rien dit. Le pire de tout pour Tim avait été le refus de Martin de venir dîner chez lui le jour de son anniversaire. Organiser une réception à Samphire Road n'était pas une mince affaire. Il avait tout annulé à la dernière minute parce qu'il n'y avait rien à célébrer, aucune raison de déboucher une bouteille de champagne.

– Je parie, avait dit Tim d'un air faraud, que ce salaud-là garde le silence pour n'avoir rien à me donner et pourtant que lui ai-je fait sinon m'être montré amical et serviable. Peut-être n'ai-je pas été assez amical pour ce cher Miss Urban!

Francesca ne pouvait se hasarder à émettre une opinion à ce sujet, mais elle savait que Tim avait espéré quelque chose de Martin, au moins un prêt pour les aider à acheter une maison qui les sortirait de Samphire Road.

Il avait marché de long en large dans la cuisine en jurant qu'il se vengerait. Il mettrait la main sur une partie de cet argent, de gré ou de force. Après cela,

Francesca n'avait eu qu'à intervenir avec ses fleurs et tenir bon.

C'était une femme de caractère facile et rien ne l'abattait longtemps. Tim lui avait dit un jour que ce qu'il aimait en elle était qu'elle n'avait ni moralité, ni sentiment de culpabilité. C'était ce qui lui avait permis de jouer son rôle auprès de Martin, celui d'une Francesca innocente et pure. Ce fut difficile au début, mais Tim lui donna des conseils et lui fit même lire des romans victoriens avec de touchantes héroïnes. Elle devait se forcer pour ressembler à ces modèles et parfois, après ses rencontres avec Martin, elle se sentait fatiguée.

En sa compagnie, elle restait souvent silencieuse, l'écoutant apparemment avec une grande attention. En réalité, elle se concentrait pour savoir comment s'échapper en taxi afin de se faire conduire à Finchley. Maintenant elle devait faire face à un autre problème : comment faire croire à Martin qu'elle l'aimait et désirait vivre avec lui en refusant d'accepter toute proposition qu'il pourrait faire de vivre ensemble?

En conséquence, lorsqu'il lui téléphona, elle déclara qu'elle se refusait à ce qu'il vendît son appartement pour acheter une maison. Elle savait trop combien il aimait son intérieur.

— Mais je devrai le vendre un jour, chérie; lorsque tu seras libre et que nous pourrons nous marier, nous aurons besoin d'une maison.

— J'aimerais mieux que tu attendes jusque-là, Martin.

— Cela ne résout pas notre problème. Comment allons-nous vivre en attendant?

Ce même jour, à l'heure du déjeuner, Francesca traversa Archway Road pour aller vendre les deux flacons en cristal et en obtint dix-sept livres. Tous ces taxis creusaient un trou dans son budget et si Martin l'emmenait dîner mercredi chez *Mirabelle,* comme il l'avait promis, il lui faudrait une nouvelle toilette. Elle allait marchander la robe en crêpe que Kate Ross, la propriétaire de la boutique de fleurs, essayait de lui vendre pour vingt-cinq livres depuis des semaines.

Martin avait pris l'habitude de téléphoner au magasin tous les matins à dix heures. Le mercredi, il appela à dix heures moins deux, tout surexcité, en disant qu'il avait une idée merveilleuse dont il parlerait le soir-même. Francesca esseya la robe de crêpe dans l'arrière boutique et fit accepter à Kate de la lui céder pour vingt-trois livres cinquante.

Vers cinq heures, il commença à neiger. Kate s'en allait toujours à cinq heures et demie, car elle n'avait aucun jour de liberté. Martin eut le souffle coupé en voyant Francesca dans sa robe rouge foncé, ses cheveux relevés en chignon, une orchidée piquée dans une boucle. Il la regarda avec adoration. Ces transports d'affection, bien qu'elle les crût sincères, irritaient toujours la jeune femme. Elle préférait une réaction paillarde, comme celle de Russel Brown ou des autres hommes qui avaient précédé Tim, et qu'elle recevait d'une façon plus personnelle et plus satisfaisante de Tim. Néanmoins, elle sourit d'un air modeste et demanda :

– Est-ce que je te plais?

– Tu es merveilleuse, Francesca! Je ne sais pas quoi dire. J'aimerais être poète pour célébrer ta beauté.

– J'espère seulement que je ne vais pas avoir froid, dit Francesca en pensant au manteau de vison.

Martin l'assura qu'elle ne serait exposée à l'air froid que le temps de traverser le trottoir.

– Alors, quelle est cette idée lumineuse? demanda-t-elle quand ils furent installés dans la voiture. Martin répondit qu'il la lui exposerait après le dîner.

Francesca avait toujours fort bon appétit. Comme Tim, elle était de ces personnes qui peuvent boire et manger autant qu'elles le veulent sans jamais prendre de poids. Mais elle se limitait avec Martin parce que cela convenait à son personnage. Ce soir-là, cependant, elle commença par des quenelles de homard qui étaient l'un de ses plats préférés. Elle aurait aimé prendre un cognac comme apéritif, mais se contenta d'un Sherry.

La timidité et la gaucherie de Martin s'accentuèrent au cours du repas. Il était devenu silencieux quand Francesca attaqua son faisan rôti sur canapé de foie gras et tout en se régalant, elle ne put s'empêcher de se demander ce qui pouvait bien l'inhiber de la sorte. Puis soudain, tel un homme confessant un péché qu'il a depuis longtemps sur la conscience, il se mit à parler.

— Francesca, je n'ai confié cela à personne, à l'exception de mes parents. En novembre dernier, j'ai gagné cent quatre mille livres au concours de pronostics sur les matches de football. Non, laisse-moi terminer. J'ai décidé de garder la moitié de cet argent et de distribuer le reste dans des entreprises charitables. Tu imagines aisément mes raisons pour agir de la sorte.

Francesca ne les voyait nullement, mais elle garda un silence prudent. Elle ressentait une curieuse excitation, comme si elle était sur le point d'apprendre une révélation phénoménale. Pourtant, il ne faisait que lui confirmer ce que Tim prétendait depuis longtemps.

— Vois-tu, ma chérie, je me sens reconnaissant envers... le destin, ou Dieu, si tu préfères, d'avoir une vie aussi fortunée. J'ai donc décidé de venir en aide à des gens qui connaissent des difficultés pour se loger.

Jusqu'ici, je ne suis pas arrivé à grand-chose. Il est plus difficile qu'on ne le suppose de faire accepter de l'argent à des gens. Pour l'instant, je n'ai réussi qu'à payer une opération du cœur pour un jeune garçon.

– Il ne s'agit pas de difficultés de logement.

– Non. C'est une exception. A part cela, j'envisage d'aider la belle-sœur de l'homme qui vient faire mon ménage. Elle souffra d'une dépression nerveuse parce qu'elle ne supporte pas le bruit dans son quartier et j'ai réussi à faire accepter un prêt à long terme à un jeune ménage qui dispose de peu de ressources.

Il souriait timidement, attendant une approbation. Francesca le regardait fixement. Elle se demandait s'il n'était pas fou. Mais non, il était seulement innocent...

Elle eut la tentation de se mettre à sa merci en lui avouant qui elle était et que Tim était son amant et le père de Lindsay, qu'ils vivaient tous les trois dans des conditions encore plus précaires que tous ces gens qu'il se proposait d'aider... Mais c'était impossible, elle ne pouvait faire cela. Il lui remplit son verre en disant :

– Maintenant je t'ai tout dit. Je ne veux pas qu'il y ait de secret entre nous.

On dirait qu'il avoue un sombre péché, pensa Francesca.

– Voici où je voulais en venir. J'ai été bien fou. Je me suis donné du mal pour acheter des maisons aux autres et je me tracassais pour savoir où tu irais vivre quand tu quitterais Russel. Je ne me suis jamais avisé avant hier soir que je n'avais pas besoin de vendre mon appartement. Mis à part ce que j'entends distribuer, il me reste cinquante-cinq mille livres, la moitié de mon gain.

– Quelle est donc cette idée merveilleuse?

– Acheter un appartement où toi et Lindsay pourrez vivre! Cela résoudra tous nos problèmes. Lindsay aura sa chambre, Russel ne pourra prétendre que tu la corromps et dans deux ans, quand tu auras obtenu le divorce, nous vendrons les deux appartements et achèterons une maison. Qu'en penses-tu, Francesca? Je ne te pose aucune condition. J'espère seulement que je pourrai venir te voir et rester quelque fois avec toi et je serai le plus heureux des hommes si tu ne choisis pas cet appartement trop loin du mien.

– Ainsi, nous allons visiter des appartements samedi. Il vogue positivement en haut des nuages et fait déja des plans et des calculs.

– Miss Urban a toujours été une parfaite maîtresse de maison! Il ferait une adorable épouse! Qu'as-tu eu pour dîner?

– Des quenelles de homard, du faisan rôti et une sorte de soufflé à la Chartreuse.

– Tu aurais pu demander un sac en papier en prétendant que tu voulais un petit en-cas pour une vieille parente âgée!

Francesca se mit à rire. Elle était assise sur les genoux de Tim et elle lui prit sa cigarette des lèvres pour en tirer deux ou trois bouffées.

– Sérieusement, Tim, quel avantage avons-nous à le laisser acheter cet appartement dans lequel je ne vivrai jamais? Je ne vois pas le moyen de m'en sortir à moins de déclarer purement et simplement que je ne quitterrai pas mon mari.

– Donnons-nous lui encore deux semaines. Jusqu'au lundi 12 février. S'il veut acheter à la petite fille chérie un nid d'amour, il devra le meubler, n'est-ce pas? En ces temps difficiles, cinq milles livres est vraiment la moindre des sommes qu'il peut espérer dépenser.

— Il a dit que je pourrais avoir les chaises cannées de son salon.

— Quel mécréant! Mais tu ne vas pas accepter cela! Pas une petite fille comme toi! Tu sauras bien lui soutirer cinq mille livres, n'est-ce pas?

— Oh! Seigneur, dit Francesca en bâillant, j'essaierai. Je ferai de mon mieux, mais pas une minute après le 12 février!

CHAPITRE XII

Francesca ne savait pas si elle devait se décider pour le premier appartement qu'ils visiteraient, afin de pouvoir rentrer de bonne heure à la maison, ou bien si elle devait prétendre que rien ne lui plaisait afin que les recherches ne progressent pas avant l'arrivée de la date fatale.

Finalement, rien ne se passa comme elle l'avait prévu, car dès qu'ils commencèrent leurs investigations, Martin manifesta clairement que c'était lui, l'homme, qui conduisait les affaires. En cela, comme dans toutes les questions d'intérêt supérieur, il prenait lui-même les décisions, ne lui demandant son approbation que par pure courtoisie.

Durant les deux jours suivant leur dîner chez *Mirabelle*, il prit contact avec des agents immobiliers et s'enquit de toutes les spécifications sur les appartements en vente dans le secteur compris entre Highgate et Crouch End. Il en avait déjà plusieurs en vue. Il dressa ainsi une courte liste qu'il écourta encore et d'où émergea, le samedi après-midi, un seul appartement. Il ne se trouvait pas aussi près de Cromwell Court qu'il l'aurait souhaité, mais à d'autres égards, il

144

convenait si bien qu'il pouvait passer sur ce petit inconvénient.

Francesca ne s'était pas attendue à réagir avec enthousiasme. La perspective de visiter cet appartement l'ennuyait. Sa réaction en y pénétrant la surprit elle-même. Elle n'avait jamais vécu dans un logis spacieux, élégant ou même simplement confortable. La maison, pour Francesca, n'avait guère été qu'un endroit où se mettre à l'abri de la pluie, où il y avait une table pour manger et un lit pour dormir. Pour la première fois, elle vit tout autre chose.

Le quatrième et dernier étage, avec terrasse, de Swan Place était tout différent. Le living-room était très grand. On avait accès à la partie salle-à-manger par une ouverture voûtée. L'un des murs était en verre. Le chauffage était si efficace que son manteau léger était superflu. Elle aurait pu se promener nue.

A travers la baie vitrée, on apercevait, au loin, une colline avec des toits couverts de neige. Et quand elle découvrit la cuisine bleu pastel et la salle de bains abricot, Francesca pensa qu'elle aimerait beaucoup vivre là, en vérité. Il était révoltant que ce ne fût pas possible ou que le prix à payer pour le faire fût trop élevé. Lindsay aimerait cet appartement. Tim aussi, probablement, bien qu'il fût difficile de prévoir ses réactions. Il était terrible de penser qu'elle ne pouvait l'habiter qu'en devenant la femme de ce pauvre vieux Martin!

– Qu'en penses-tu? demanda Martin quand ils furent dans la voiture.

– Cet appartement est charmant.

– Je suis heureux qu'il te plaise, parce que même si tu dois penser que je suis un véritable tyran domestique, je t'avoue que j'ai déjà dit à l'agent que je le prenais et j'ai versé des arrhes.

– Qu'aurais-tu fait, s'il ne m'avait pas plu?

– Je savais que tu l'aimerais. Je crois bien te connaître maintenant.

– Combien vaut-il, Martin?

– Quarante-deux mille livres.

Francesca resta silencieuse. Elle se sentait soudain faible et vidée de toute pensée à l'idée d'une somme pareille. Martin déclara que ce serait un bon investissement. L'immobilier était un placement sûr et avant leur mariage, il revendrait les deux appartements pour acheter une maison. Le marché immobilier, lui avait-on assuré, serait encore en hausse au printemps. Avec un peu de chance, il réaliserait un important bénéfice sur ces transactions.

Ils retournèrent à Cromwell Court où Martin avait acheté des éclairs au chocolat et un cake pour le thé. Francesca y fit honneur. Il était vraiment désolant qu'elle ne trouvât aucun charme à Martin. C'était même curieux car, comme Tim, il était grand, brun et sans être aussi beau, il était jeune, bien de sa personne et toujours impeccable. Il ne sentait pas la gauloise en permanence. Francesca soupira avec regret sur les anomalies des attirances tandis que Martin lui faisait une conférence sur l'acquisition d'un appartement, les droits de propriétés et les frais d'enregistrement.

Francesca mangea un autre éclair au chocolat. Martin n'était pas le genre d'homme à se mettre au lit au milieu de l'après-midi. A ses yeux, ce serait de la perversion. Elle se laissa prendre la main.

– Je suppose qu'il faudra des mois avant que tu ne sois propriétaire, dit-elle.

– Oh! non! Je paie comptant. Mon ami Norman Tremlett, que tu as rencontré, ira jeter un coup d'œil sur l'immeuble. J'ai déjà parlé à mon notaire, qui est

146

également un ami. Nous étions tous les trois à l'école ensemble et il m'a assuré que si l'expertise de Tremlett était favorable, il n'y avait aucune raison pour que la signature de l'acte n'ait pas lieu le 12 février, c'est à dire lundi en huit. Il faudra nous occuper de le meubler et tu pourras t'y installer dans trois semaines.

Francesca se souvint de l'époque où elle et Russel avaient essayé d'acheter une petite maison et de toutes les difficultés qui avaient surgi. Les deux premières maisons qu'ils avaient visitées avaient été vendues sous leur nez, avant que la demande d'hypothèque de Russel fût acceptée. Mais, naturellement, ils n'avaient pas d'argent. Cela n'avait plus d'importance. Dix ans s'étaient écoulés depuis lors. Elle sourit à Martin.

– Que comptes-tu faire pour les meubles, chéri?

– Je pense traiter directement avec le vendeur pour les tapis, les rideaux, le réfrigérateur et la cuisinière. Naturellement, si tu désires quelque chose de particulier, nous pourrons nous en occuper ensemble samedi prochain.

Y avait-il la moindre raison pour attendre le 12 février? Aucune sauf qu'elle avait fait une promesse à Tim. Martin semblait trouver naturel qu'elle passât toutes ses soirées avec lui. Francesca lui fit remarquer qu'elle vivait avec Russel et qu'elle ne pouvait sortir tous les soirs en le laissant s'occuper de Lindsay. Peut-être pourrait-elle trouver un autre jour de la semaine en dehors du lundi.

– Je veux que mes parents te connaissent, dit Martin.

Elle insista pour rentrer chez elle à six heures et il insista à son tour pour la reconduire. Cette fois, il ne la déposa pas à cent mètres, mais devant le N° 54 et il attendit pour la voir entrer. Francesca se tint devant la grille en lui faisant un geste d'impatience de la main, tandis qu'il la regardait, assis à son volant. Au bout de quelques secondes, elle comprit que c'était inutile. Elle devait faire semblant d'entrer dans la maison ou abandonner le jeu. Il y avait de la lumière dans le hall.

Elle ouvrit la grille et se dirigea rapidement vers l'entrée de côté. Il faisait déjà presque nuit. Francesca tourna le bouton d'une porte et se trouva dans une petite cour dallée. Qu'arriverait-il si quelqu'un la surprenait là et appelait la police? Au bout d'un petit moment, elle entendit la voiture de Martin démarrer. Elle se glissa alors dans le jardin et s'esquiva aussi vite qu'elle le put par une rue de côté où donnait le jardin.

Au cours de leur rencontre suivante, Martin lui apprit qu'il était revenu pour voir si tout allait bien. Il avait alors vu Russel Brown sortir de la maison et se diriger vers Coldfall Wood.

Tout d'abord il lui déclara qu'il était si heureux d'avoir réglé cette question d'appartement et leur avenir que le dimanche il avait pris son courage à deux mains et il était allé rendre visite à Miss Watson. Il avait alors expliqué ce que ses lettres ne laissaient pas clairement entendre et il avait convaincu la vieille demoiselle de ses bonnes intentions. En larmes, elle avait accepté un chèque de dix mille livres pour acheter une petite maison dans une ville du Lincolnshire où vivait sa sœur.

– Voici donc vingt-cinq mille livres placées. Crois-tu que ce serait mal de ma part de ne disposer que de vingt mille autres livres? Tu comprends, je vais avoir plus de dépenses que je ne le pensais avec ton appartement.

Francesca répondit avec une parfaite sincérité qu'elle ne voyait pas où serait le mal. Chaque fois qu'il lui parlait de distribuer de l'argent à ces gens inconnus, elle se détournait afin qu'il ne pût lire son expression de dégoût et de consternation sur son visage. Elle lui tourna le dos pour prendre des tulipes rouges et des iris bleus dans un vase afin de faire un bouquet pour la mère de Martin.

– J'ai autre chose à te dire. J'ai vu Russel.

Elle se retourna lentement, les fleurs à la main. Il eut un sourire triomphant.

– Il attendait que tu rentres pour sortir. Cela m'a fait un drôle d'effet de le voir. Il paraît plus âgé qu'il ne l'est, n'est-ce pas?

– Je l'ignore, Martin.

– Plus de trente-cinq ans, en tout cas. Aimes-tu ces vestes en peau de lapin pour les hommes? Elles sont très à la mode cette année. Je pourrais m'en acheter une.

– Russel portait-il sa veste en lapin? demanda Francesca.

– Quand je l'ai vu, je me suis rappelé ce qu'il t'avait fait et j'ai eu envie de descendre de voiture pour le frapper. Naturellement, je ne l'ai pas fait. J'ai pensé que cela te bouleverserait. Il est parti en direction du bois de North Circular.

– Il a des amis à Coppets Lane.

Ils sortient avec les fleurs pour monter en voiture.

– J'ai parlé de toi à mes parents. J'ai dû un peu arranger la vérité. Cela semble de bonne politique. Je leur ai donné à entendre que tu vivais séparées de ton mari. A leurs yeux, tu es ma fiancée.

– Alors je devrais porter une bague.

– Je craignais que tu n'aimes pas cela, mais je t'en offrirai une dès que ton divorce sera prononcé.

Les Urban ressemblaient tout à fait à ce que Francesca attendait d'eux, sauf que Walter Urban était plus jeune et bel homme. Elle le trouva même séduisant et se demanda s'il serait agréable de dormir avec un homme qui a le double de votre âge? Assise dans son fauteuil, Margaret Urban faisait un patchwork du même genre que ceux qui recouvraient tous les coussins. Ce travail semblait fastidieux et compliqué et Francesca se demanda pourquoi elle le faisait car Mrs. Urban paraissait avoir beaucoup d'argent. Néanmoins, elle aurait aimé avoir une jupe dans ce genre de patchwork.

En les considérant, Francesca pensa qu'ils ressemblaient aux trois ours de la fable. Elle allait s'asseoir à droite du feu qui brûlait dans la cheminée, quand Martin lui glissa à l'oreille que c'était le fauteuil de sa mère. Ils burent du sherry, Oloroso pour Mrs. Urban, Amontillado pour Walter et Tio Pepe pour Martin. Comme Goldilocks, l'héroïne de la fable, elle aurait aimé goûter un peu des trois, mais elle se contenta de demander sagement du Tio Pepe.

Dans son for intérieur, elle s'amusait. Comme ces pauvres Urban devaient être désolés à la pensée que leur fils unique – un garçon élevé avec tant de soin – allait épouser une divorcée avec un enfant. Elle essaya de lire sur leur visage et dans l'expression de Mrs. Urban quand elle leva le nez de son ouvrage pour poser une question sur Lindsay, mais elle ne put rien déchiffrer. Ils jouaient la sécurité, se refusant à heurter Martin, espérant, sans nul doute, que s'ils ne s'opposaient pas à ses projets, il se lasserait d'elle avant d'avoir franchi l'étape irréversible. C'était la façon dont elle aurait envisagé de se conduire si, un jour, Lindsay ramenait à la maison un garçon comme Martin et prétendait l'épouser.

Quand ils furent à leur second verre de sherry, Martin annonça qu'il avait acheté un appartement à Swan Place.

– Pour Francesca et Lindsay, précisa-t-il.

Où supposaient-ils qu'elle vivait actuellement? se demanda Francesca. Elle s'attendait à ce que cette nouvelle fût accueillie avec désapprobation. Selon son expérience, des parents n'aimaient pas voir leur fils dépenser de l'argent – même le sien – mais c'était sans compter sur la passion pour un bon investissement qui sommeille dans le cœur de tout spéculateur avisé.

– C'est une bonne idée d'avoir acheté avant que les prix ne montent dit Walter. Bien entendu, tu vas déclarer que c'est ta résidence principale.

– Ce ne sera pas du tout sa résidence principale, dit Mrs. Urban.

Son mari ne fit aucune attention à cette interruption qui avait amené un sourire discret sur les lèvres de Francesca.

– Si Swan Place est considéré comme ta résidence secondaire, n'oublie pas que tu auras à payer des plus-values quand tu revendras.

– Je l'avais oublié, avoua Martin. Le montant de ces plus-values seraient d'un tiers de mes bénéfices sur la vente, n'est-ce pas?

– Trente pour cent.

Ils s'entretinrent de plus-values et de la manière de les éviter durant tout le repas. Mrs. Urban les regardait placidement et Francesca s'ennuyait tellement qu'elle ne put étouffer ses bâillements.

Le samedi après-midi, ils retournèrent visiter Swan Place et virent le propriétaire, un Mr. Butler. Martin négocia avec lui un prix global pour les tapis, les rideaux, l'équipement de la cuisine et les meubles de la chambre. Ensuite il emmena Francesca prendre le thé à Hampstead. Il lui dit qu'ils iraient acheter les meubles qu'elle désirait la semaine suivante et quand elle répondit qu'elle pouvait s'en charger seule, il déclara qu'il préférait être là. Après tout, un jour ces meubles seraient à lui aussi bien qu'à elle. Francesca s'en souciait peu. La longue attente était presque terminée. Elle reverrait Martin lundi et lui dirait qu'elle ne pouvait quitter Russel ou s'arrangerait pour provoquer une dispute et tout serait dit.

Lorsque Francesca eut mangé autant de choux à la crème et de babas au rhum qu'elle osa le faire, Martin suggéra qu'ils pourraient aller voir un film de Bunuel, mais Francesca n'en avait pas envie. Si Goldie, la locataire du dessus, acceptait de surveiller Lindsay, elle préférait aller au pub avec Tim. Aussi répondit-elle qu'elle devait rentrer pour s'occuper de Lindsay parce que Russel dînait avec son éditeur et quelqu'un qui serait intéressé par l'adaptation de son livre à la télévision. C'était une excuse que Tim lui avait soufflée et qu'elle était heureuse d'utiliser. Bien entendu, Martin la conduisit à Fortis Green Lane. Une fois de plus, elle dût se cacher dans l'entrée de service. Après lundi, se jura-t-elle, jamais elle ne remettrait les pieds à Finchley.

10 février, 11 février... tout serait bientôt consommé. Francesca essaya de penser à la façon de rompre avec Martin sans être trop brutale. Il était inutile d'en discuter avec Tim qui lui aurait conseillé d'avouer toute la vérité aussi crûment que possible.

Le lundi 12 février, Martin entra dans la boutique à six heures moins le quart. La dernière fois, songea Francesca. Elle lui accorda distraitement un baiser. Elle ne s'était pas mis en frais de toilette mais portait sa robe préférée, une jupe en patchwork avec une blouse paysanne hongroise, un long cardigan sur le tout et ses bottes fourrées qui étaient un délice à porter au magasin quoi qu'en pût penser Martin.

– Je suis désolé, chérie, mais avant d'aller dîner nous devons passer chez mon notaire pour voir ce contrat. J'espère que cela ne t'ennuie pas.

Francesca aurait aussi bien passé toute la soirée chez le notaire. Tout ce qui l'intéressait pour l'instant était de trouver un moyen pour sortir définitivement de la vie de Martin. Peut-être pourrait-elle utiliser une idée qui lui était venue au début de la journée. Raconter qu'elle était enceinte et que c'était l'enfant de Russel, aussi devait-elle rester avec lui, n'est-ce pas? Francesca pensa qu'elle saurait se mettre dans l'état d'esprit nécessaire. De plus, cette explication aurait le grand mérite de ne pas humilier ou décevoir Martin. Francesca était amorale et cupide, mais elle n'était pas totalement dépourvue de cœur. Martin lui rappelait parfois un bon gros chien, un terre-neuve, par exemple, un chien que l'on pourrait abandonner à la société protectrice des animaux, mais que l'on ne pourrait se résoudre à abattre. Elle essaierait de le laisser tomber avec autant de tact que possible. Du reste, elle détestait les scènes et les récriminations.

Martin la présenta à Adrian Vowchurch comme sa fiancée. Il y avait une Mrs. Vowchurch, occupée au fond de la maison à quelque obscure besogne ménagère. Francesca prit la mesure d'Adrian. Ce petit homme au visage en lame de couteau, au regard hautain, à l'accent affecté ne lui plut pas du tout. Il lui serra la main en déclarant qu'il avait le plus grand plaisir à faire sa connaissance.

Tandis qu'il discutait avec Martin de façon plus ou moins compréhensible, Francesca finit par se rendre compte qu'ils étaient là dans le but précis de signer le contrat pour l'achat de l'appartement de Swan Place. Adrian déclara qu'il espérait que tout serait définitivement réglé dans deux semaines, dès que les renseignements sur l'état hypothécaire seraient connus. Mrs. Brown voulait-elle jeter un coup d'œil sur le contrat? Francesca hésita. Il semblait injuste de laisser Martin acheter un appartement qu'elle n'avait pas la moindre intention d'habiter. L'achat de l'appartement ne lui avait pas paru réel tant qu'elle ne l'avait pas vu concrétisé noir sur blanc.

Le 12 février mil neuf cent quatre vingt... entre les soussignés, John Alexandre Butler demeurant 10 Swan Place à Highgate, ci-après appelé le vendeur et Mrs. Francesca Brown...

Martin avait donné son adresse 12 Cromwell Court. Elle lut le reste de la première page. Il l'avait probablement amenée là comme témoin à la signature. Ce contrat signé, il serait difficile, sinon impossible pour lui de s'en sortir sans acheter l'appartement. De cela, elle avait conscience. Il fallait lui demander de reporter cette signature et quand ils seraient seuls lui avouer la vérité.

Le courage lui manqua. En levant les yeux, elle rencontra le regard froid et suspicieux d'Adrian Vowchurch. Il ne l'aimait pas. Ceci allait même plus loin. Il ne lui faisait pas confiance et désapprouvait son ami. Avec un imperceptible haussement d'épaules, il lui tendit la plume.

— Voulez-vous signer, Mrs. Brown... je veux dire, Francesca.

Elle prit le stylo.

— Pas ici, là.

Martin eut un rire indulgent. Elle ne comprenait toujours pas, mais elle signa à l'endroit indiqué, puis

Julie Vowchurch qui venait d'entrer avec un sourire pincé, signa comme témoin. Francesca se sentit intriguée et un peu effrayée. Martin refusa l'offre des Vowchurch de boire un verre et ils retournèrent à Hampstead où ils dînèrent au *Cellier du Midi*.

– Tu ne peux savoir combien je me sens soulagé de t'avoir parlé de cet argent que j'ai gagné, dit Martin. Nous n'aurons jamais de secret l'un pour l'autre, n'est-ce pas?

– Non, dit Francesca en dissimulant son impatience de rentrer retrouver Tim.

– Maintenant que la question de ton appartement est réglée et ton avenir assuré, je veux également régler l'autre aspect du problème, je veux dire le côté philanthropique ou charitable, comme il te plaira de l'appeler. Aussi vais-je faire une autre tentative auprès de Mrs. Cochrane et je pense que les dernières dix mille livres iront à Mrs. Finn. T'ai-je parlé d'elle? Ma mère l'a employée comme femme de ménage. Elle est un peu folle, la chère vieille créature, aussi devrais-je passer par l'intermédiaire de son fils, mais je suis sûr que c'est une femme méritante. Est-ce que tout va bien, chérie? Tu as l'air perdue dans un rêve.

– Je suis terriblement fatiguée. Je ne rentrerai pas avec toi si tu le permets. Je vais prendre un taxi... mais je te verrai demain si tu veux, ajouta-t-elle en voyant son visage s'allonger.

– Chérie, si c'est une promesse, je veux bien te laisser partir.

Tim était assis devant la table de la cuisine, dressant les frais de reportage, le plus grand ouvrage de fiction, précisait-il parfois depuis *Guerre et Paix*. Il fumait sa centième *gauloise* de la journée et buvait du raisiné à la bouteille. Le four était allumé ainsi que le radiateur mural et comme toujours la condensation ruisselait le long des murs.

— Oh! Tim, dit Francesca, écoute ce que j'ai à te dire, mais d'abord, puis-je avoir un verre de vin et une cigarette?

— As-tu joué ta scène finale de rupture?

— Non, écoute-moi donc, Tim, nous sommes allés chez son notaire. Il avait préparé l'acte d'achat de l'appartement. Je l'ai lu. Il est établi entre John Alexander Butler et Francesca Brown. J'ai failli ne pas signer parce que cela me semblait mesquin de lui faire payer un appartement où je n'irai pas habiter, mais tu n'as pas besoin de me regarder ainsi, j'ai signé et...

— Dieu merci! dit Tim dont le visage était devenu tout pâle. Es-tu certaine que l'acte était établi seulement entre ce Butler et toi? Livingstone n'a pas signé?

— Non.

— Lorsque tu es allée dîner chez le vieil Urban, n'a-t-il pas dit quelque chose à propos des plus-values que Livingstone aurait à payer sur la revente de cet appartement?

— Oui, il a rappelé les termes d'une loi à Martin d'où il ressortait que si Martin possédait deux appartements, le second ne pouvait être considéré comme résidence principale et en cas de renvente, il aurait à payer des plus-values. Trente pour cent sur les bénéfices, a-t-il précisé. Qu'a-t-il fait, Tim? Il ne m'a rien expliqué, ni avant, ni après avoir été chez le notaire. Je n'ai rien dit non plus et je n'ai pas encore rompu...

— Il n'est pas question de rompre. Tu verras ce type tous les soirs jusqu'à ce que la transaction soit enregistrée, même si cela doit te tuer. Ne comprends-tu

156

donc rien, chère idiote? Il a acheté l'appartement à ton nom afin d'échapper à la loi sur les plus-values. En d'autres termes, dans moins deux semaines, si Dieu le veut, ce luxueux appartement de quarante-deux mille livres deviendra la propriété exclusive et indiscutable de ma chère petite fille!

– Oh! Tim, ai-je vraiment réussi? Cela vaut mieux qu'un bague ou quelques meubles...

– Et que la revanche sera douce!

Il ouvrit les bras et elle courut s'y blottir.

CHAPITRE XIII

Il arrivait rarement du courrier pour Finn ou Lena. Il y avait les quittances de gaz et d'électricité, la petite pension du père de Finn et pour Noël, une carte de Branda. C'était tout. Des mois s'écoulaient sans que Finn reçût une seule lettre et ce fut avec une certaine surprise qu'il ramassa une longue enveloppe blanche posée sur son paillasson. Elle était adressée à Mr. F. Finn Esq, et tapée à la machine. Finn se rendait à Modena Road où il devait tapisser une pièce. Quand il fut installé dans sa camionnette, il décacheta la lettre et lut :

Cher Mr. Finn,

Je ne crois pas que nous nous soyons jamais rencontrés bien que nos mères soient de vieilles amies. Mrs. Finn vous aura peut-être dit qu'elles avaient encore pris le thé ensemble il y a quelques semaine.

Je suppose que vous serez surpris de recevoir cette lettre, mais j'ai une proposition à vous faire et je me demande si nous ne pourrions nous rencontrer pour en discuter. Voulez-vous me téléphoner au numéro ci-dessous dans les tous prochains jours? Vous m'y trouverez entre 9 h 30 et 17 h 30.

Sincèrement vôtre,
Martin W. Urban.

Finn mit la camionnette en route. Martin se trompait en prétendant qu'ils ne s'étaient jamais rencontrés. Finn oubliait rarement ce genre de choses. Il se souvenait clairement de Martin en adolescent boutonneux alors qu'il avait lui-même onze ou douze ans. Lena l'avait enmenée avec elle à Copley Avenue pendant des vacances scolaires. Il avait ouvert la porte de la chambre et vu Martin assis à une table occupé à se servir d'un compas et d'une équerre. Martin avait tourné vers lui un regard étonné comme si Finn commettait un crime de lèse-majesté en essayant de franchir le gouffre qui les séparait.

Qu'est-ce que Martin voulait de lui aujourd'hui? S'il était vrai que Mrs. Urban avait admiré la cloison dans la chambre de Lena et en avait parlé à son fils, celui-ci voulait peut-être lui confier quelques travaux. Finn n'y voyait pas d'inconvénient pourvu qu'il fût bien payé.

Se souvenant de l'expression de Martin dans leur jeunesse, il était un peu surpris de lire que leurs mères étaient « de vieilles amies ». Parler de « quelques semaines » n'était pas exact non plus. « Quelques mois » aurait été plus précis. C'était le 16 novembre, jour de son anniversaire. Heureusement que cette Mrs. Urban n'était pas revenue au cours du mois où Lena avait souffert de ces terribles hallucinations. Finalement, elle s'était tirée de cette crise et la semaine dernière, elle était même sortie deux fois pour aller à son magasin de brocante.

En rentrant à la maison ce soir-là, Mrs Gogarty lui tira les cartes avec les tarots et prédit à Finn qu'il allait entrer en possession d'une fortune.

Finn attendit deux jours avant de téléphoner à Martin Urban un matin à dix heures.

– Vous m'avez demandé de vous appelez. Mon nom est Finn.

– Oh! oui, bonjour Mr. Finn. Comment allez-vous? C'est très aimable de m'avoir appelé. Je suppose que vous avez compris d'après ma lettre que j'avais une proposition à vous soumettre pour votre plus grand avantage. Ce n'est pas une question qui peut se discuter au téléphone. Pouvons-nous nous rencontrer pour en parler?

– Si vous voulez.

– Dans un pub? Je vous propose à mi-chemin de nos demeures respectives. Voulez-vous *Archway Tavern* ce soir, si cela vous convient, disons à huit heures?

Il raccrocha sans demander à Finn comment ils se reconnaîtraient. Cela n'inquiéta guère Finn qui sentirait dans l'homme que Martin était devenu l'adolescent hautement supérieur. Mais pendant un moment il se demanda pourquoi, si Martin Urban voulait seulement lui confier quelques travaux d'aménagement, il n'y avait pas fait allusion par téléphone.

Ce soir-là il faisait froid et humide. Finn portait le pull-over jaune et l'écharpe ornée de piécettes que Lena lui avait offerts. Il entra dans Archway Tavern à huit heures et s'arrêta à la porte pour regarder autour de lui. Comme il s'y était attendu, il reconnut Martin au premier coup d'œil. Un homme grand et bien bâti qui prendrait du poids dans quelques années. Il était assis à une table et lisait l'*Evening Standard*. Il leva les yeux en voyant Finn se diriger vers lui.

– Mr. Finn? Comment allez-vous? Je vois que vous êtes ponctuel. C'est très aimable à vous de vous être dérangé. Je me suis avisé que je ne vous avais pas donné d'explications. Que désirez-vous boire?

– Un jus d'ananas.

– Seulement? Etes-vous certain de ne pas vouloir autre chose?

– Simplement un jus d'ananas.

Il s'attendait à ce que Martin commanda une bière. C'était bien son genre, mais celui-ci prit un double whisky et du soda. Finn eut l'impression qu'il était nerveux à cause de quelque chose ou de quelqu'un et que ce quelqu'un pourrait bien être lui-même. Il inspirait souvent une sorte de trouble chez les gens les plus équilibrés. Il resta silencieux et versa le liquide sirupeux dans son verre.

– Comment va votre mère?

– Bien, dit Finn.

Martin Urban écarta un peu de sa chaise de la table et reprit :

– A votre santé. Ma mère rencontre parfois la vôtre. Elle va la voir de temps en temps. Elle l'a vue en novembre dernier et elle est un peu inquiète à son sujet.

– Eh bien! Eh bien! dit Finn.

– Elle a toujours eu beaucoup d'affection pour elle. Nos mères se connaissent depuis longtemps.

Il parut évident à Finn que son interlocuteur évitait de préciser que Lena avait été femme de ménage chez Mrs. Urban, situation à laquelle Finn n'attachait aucune importance. Il regardait Martin et le vit rougir tandis qu'il reprenait.

– Je ne voudrais pas avoir l'air de critiquer quoi que ce soit, mais de nos jours, si l'on n'est pas propriétaire de son appartement il est difficile de trouver à se loger convenablement et pour acheter, il ne suffit pas de gagner de l'argent, il faut disposer d'un capital de départ. Ce que j'essaie de vous dire est ceci : quand ma mère m'a exposé les conditions dans lesquelles vivait Mrs. Finn – et dont personne n'est responsable – j'ai pensé que je pourrais peut-être y apporter un changement pour votre mutuel bénéfice en souvenir de notre vieille amitié.

Finn termina son verre. Il ne dit rien. Il commençait à se rendre compte qu'une offre allait lui être faite en échange de ce qu'il ne pouvait encore prévoir. Cet homme usait de circonlocutions, comme l'avait fait Kaiafas, au lieu d'aller au fait. Se souvenant du Cypriote, il crut entendre sa voix dans un autre pub « Je préfère en faire profiter mon ami *Feen* ». A ce souvenir, il leva les yeux sur le visage rouge et un peu embarrassé qui lui faisait face.

– J'espère que je ne vous ai pas offensé.

Finn secoua la tête.

– Parfait. Venons au fait.

Martin jeta un coup d'œil autour de lui pour s'assurer que nul ne pouvait l'entendre, puis il reprit en baissant la voix :

– Je peux vous donner dix mille livres. Je regrette de ne pouvoir faire davantage. Naturellement, vous devrez aller en dehors de Londres.

Finn baissa les yeux, puis les releva. Il était abasourdi par la magnificence de cette offre. Sa réputation s'était étendue et ce n'était pas en tant que plombier ou décorateur, mais il n'avait aucune vanité. Il termina son jus d'ananas et dit :

– C'est beaucoup d'argent.

– Il n'en faut pas moins.

Finn eut un de ses rares sourires et demanda :

– Quand?

Un peu surpris à son tour, Martin répondit :

– Quand vous voudrez. Dès que possible. Alors, vous acceptez?

162

– Oh! oui. Pourquoi pas?

– Tant mieux. C'est merveilleux. Je suis heureux que vous n'ayez pas discuté avant de vous décider. C'est une telle perte de temps. Buvons à notre accord, voulez-vous?

Il commanda un autre jus d'ananas et un autre whisky. Examinant attentivement Finn, il eut une expression de doute et demanda :

– Je me suis bien fait comprendre, n'est-ce pas?

– Bien sûr. Vous pouvez compter sur moi.

– Très bien. Je craignais que vous n'ayez pas compris exactement ce que je voulais dire. Voulez-vous que je vous envoie un chèque?

– Je n'ai pas de compte en banque. Je préfère de l'argent liquide.

– Liquide? Mon cher garçon, cela va faire un paquet important.

– Enveloppez l'argent dans un journal. Vous pouvez m'envoyer la moitié maintenant et le solde plus tard. De cette façon, vous n'aurez pas à payer tant que je n'aurai pas fait ce que vous voulez.

– Comme vous voudrez. Allez-vous agir seul? Saurez-vous vous y prendre?

– Trouvez quelqu'un d'autre si vous n'avez pas confiance.

– Excusez-moi, je ne voulais pas vous blesser. De toute façon cela ne me regarde pas. Je préfère, au contraire, que vous vous sentiez libre, mais vous emploirez bien cet argent comme nous en avons convenu?

– Ne vous l'ai je pas dit?

Il était encore plus pénible que Kaiafas. Pourquoi diable se sentait-il à ce point obligé de parler de la façon dont vivait Lena et de la nécessité de la sortir de Lord Arthur Road?

163

– On peut encore trouver des petites maisons pour moins de dix milles livres en province. Si vous ne craignez pas de vous éloigner, les prix baissent considérablement. A votre place, je la laisserais décider du lieu où elle préfère habiter. Près d'une parente, peut-être. Vous pourrez vous en occuper dès samedi.

Finn commença à comprendre. Martin Urban voulait le voir s'éloigner le plus loin possible dès que l'affaire serait faite. Il ne se rendait pas compte à quel point il était risible de recommander une ville de province pour Lena. Elle deviendrait folle à lier si on l'enlevait de son petit appartement, le seul qu'elle aimât. Jamais elle n'accepterait d'être séparée de Mrs. Gogarty, de Mr. Bradshaw et de Mr. Beard. Finn eut presque envie de dire à Martin Urban de se taire, de réfléchir, de regarder la réalité, mais il n'en fit rien. Silencieux et méprisant, il écouta l'autre parler de rapport d'architecte et de frais d'acquisition, car il comprenait de mieux en mieux. Comme Kaiafas, Martin Urban croyait que s'il parlait de sujets sans danger, il minimisait l'énormité de l'acte pour lequel il était prêt à payer dix mille livres.

Dehors la neige dansait en millions de flocons légers qui voletaient comme des papillons.

CHAPITRE XIV

Le paquet contenant le premier versement arriva chez Finn par courrier urgent. Finn monta le colis chez lui. Dans la maison de Lord Arthur Road flottait l'odeur du samedi composée de haricots et de marijuana. Finn avait ouvert le paquet et comptait les billets quand il entendit Lena descendre l'escalier. Ses pas étaient vifs, Mr. Beard la conduisait à une réunion des « Tufnell Théosophes ». Lena n'avait pas beaucoup d'amis hommes, aussi l'événement était-il d'importance pour elle. Finn ouvrit la porte.

– Vas-tu le ramener avec toi ?

Avec un petit sourire, elle répondit qu'elle ne savait pas. Elle le lui demanderait. Ses yeux brillaient. Elle portait la robe mauve avec des franges et par dessus, un manteau rouge doublé de satin. En fermant à demi les yeux, on pouvait imaginer que l'on voyait, non pas une jeune fille, mais le fantôme d'une jeune fille. Elle posa la main sur le bras de Finn et le regarda comme s'il était son père et elle une enfant :

– Tiens, voici quelque chose pour ton thé, dit-il en lui glissant une liasse de billets dans la main.

Il la regarda descendre par dessus la rampe tandis qu'elle entassait les billets dans son sac. Elle se sentait riche, jeune et en bonne santé. Finn retourna dans sa chambre.

Ayant mis l'argent de côté dans le portefeuille sous son matelas, il réfléchit une fois de plus aux recommandations de Martin Urban. A la pensée de Lena seule dans une petite ville de province, de Lena seule n'importe où, il eut un sourire de dérision. Pendant un instant il l'imagina loin de Lord Arthur Road, le seul endroit où elle ait trouvé des moments de bonheur et de paix auprès de ses chers amis, au milieu des boutiques de vêtements d'occasion, dans son petit appartement de poupée. Il pensa à la terreur panique qui s'emparait d'elle lorsqu'elle devait s'éloigner de son univers familier.

Mais naturellement, Martin Urban n'avait pas parlé d'installer Lena à la campagne parce qu'il croyait sincèrement que Finn allait lui acheter une maison avec cet argent. Ces allusions à cet achat éventuel avait été l'équivalent des références de Kaiafas à son pays et au regret exprimé par Anne Blake. Ces gens ne pouvaient jamais se résoudre à exprimer franchement leurs désirs. Placé dans les mêmes circonstances, Finn aurait seulement dit : « Tuez cette femme ou cet homme pour moi », en supposant qu'il se trouvât jamais dans la situation improbable d'avoir à faire une pareille demande à qui que ce fût.

Assis en tailleur sur le sol, il ouvrit une grande boîte d'ananas et mangea les fruits avec du pain complet et un morceau de fromage. Il était un peu étonné que le nom de la victime ne lui ait pas été précisé. Il pensait que Martin Urban apporterait l'argent lui-même et que dans une note écrite ou par une circonlocution verbale il lui indiquerait un nom et une description. Par terre se trouvait le papier qui avait servi à l'emballage. Finn avait demandé à Martin d'envelop-

Il sommeilla un peu quand son corps astral réintégra son enveloppe charnelle et il se réveilla furieux à la pensée d'avoir peut-être manqué sa proie. Mais la maison était toujours dans l'obscurité. Il consulta sa montre et décida d'attendre encore une heure, c'est-à-dire jusqu'à minuit.

Pendant qu'il était là, des voitures étaient passées continuellement bien que la circulation ne fût pas intense. A onze heures cinq une Triumph Toledo blanche s'arrêta devant le N° 54 et une femme en descendit. Elle était jeune, grande et ses cheveux tombaient comme une cape sur ses épaules. Finn baissa la vitre. Il s'attendait à voir descendre de la voiture l'homme à la veste de fourrure, mais il entendit seulement la voix de Martin Urban :

— Bonne nuit, Francesca.

Cela résolut pour Finn certaines questions qui l'avaient laissé perplexe. C'était la bonne adresse. Il en avait douté. Il releva sa vitre et vit la jeune femme debout devant la grille qu'elle ouvrit pour se diriger vers l'entrée de service. Elle se retourna pour agiter la main vers Martin Urban avant d'entrer dans la maison. Finn se sentit soulagé. Il regarda la voiture blanche s'éloigner et gagner de la vitesse. Quand elle eut disparu au premier tournant, Finn entendit des pas sur le trottoir. Russel Brown ouvrit à son tour la grille et entra dans la maison par la porte principale. Aussitôt la lumière brilla dans le hall.

Finn mit le contact et alluma ses veilleuses avant de démarrer.

per l'argent dans un journal et son regard fut attiré par une photographie en première page du *North London Post*. Il ramassa le journal et regarda cette photographie avec attention.

Bien qu'il s'intéressât rarement à un journal, il reconnut la scène représentant l'endroit où Anne Blake avait trouvé la mort. Il avait déjà vu cette même photographie dans un autre journal, celui dans lequel Kaiafas avait enveloppé son paiement, comme pour une plaisanterie macabre.

Donc Martin Urban *savait*. En vérité, c'était parce que Martin Urban était au courant qu'il avait fait appel à lui pour ce travail encore mal défini. Comment l'avait-il appris? Il était impossible de le deviner, mais il devait le savoir, car pour quelle autre raison aurait-il envoyé à Finn ce journal avec cette photographie? Une sensation inconnue de frayeur envahit Finn tandis qu'il réfléchissait. Martin Urban pourrait difficilement faire état de ce qu'il savait étant donné le « service » qu'il attendait de lui. Finn secoua le journal, s'attendant à ce qu'un mot d'explication en tombât. Puis il tourna lentement les pages, en quête d'une clé ou d'un indice. Finalement, ce fut à la page sept qu'il le trouva.

Un entrefilet souligné à l'encre rouge avec un numéro de rue ajouté et un nom souligné. Finn lut le paragraphe avec attention retenant certains détails. Puis il enfila son pull-over jaune et sa vareuse. L'occasion était bonne pour recouvrir ses cheveux pâles d'un bonnet de laine et d'abriter ses yeux reconnaissables derrière des lunettes noires. Finn ferma ensuite sa porte à clé et se rendit au garage de Somerset Grove.

Là, il remplaça sa plaque minéralogique par une portant le numéro TLE 315 R. Deux ans plus tôt, il s'était approprié cette plaque en la retirant d'une Lancia qui était restée garée dans Lord Arthur Road durant une journée et une nuit. Il savait que cela lui serait utile un jour. Ainsi déguisé, il se rendit à Fortis Green Lane et se gara peu avant le N° 54. Il était près de trois heures.

Il était impossible de dire si la maison était vide ou occupée. Il faisait très froid, le ciel était bas et le vent soufflait avec violence. Toutes les fenêtres du 54, Fortis Green Lane étaient fermées. La plus grande, au premier étage, avait les rideaux tirés. Il était encore trop tôt pour que la lumière fût allumée. Sur le trottoir se trouvait une boîte à ordures dont le couvercle, soulevé par le vent, faisait entendre un bruit de ferraille. Finn pensa que s'il y avait quelqu'un dans la maison, on serait sorti pour faire cesser ce tapage.

De nombreux passants circulaient, jeunes couples, main dans la main, personnes plus âgées revenant de faire des courses. Le visage rougi par le froid, la plupart marchaient vite pour se réchauffer. Aucune ne prêta attention à Finn, occupé à lire son journal dans sa camionnette.

La boîte à ordures continua à battre de la même manière jusqu'à cinq heures où un coup de vent plus violent la renversa. Personne ne sortit de la maison. Finn attendit encore une demi-heure pour s'assurer que l'obscurité continuait à régner dans la maison et qu'il n'y avait pesonne. Puis il rentra chez lui.

Lena prenait le thé avec Mr. Beard. Un rideau en dentelle déchiré servait de nappe sur la table en bambou. Celle-ci était couverte de tout ce que Lena avait acheté pour le thé : feuilletés au fromage, pizza aux anchois, gâteaux viennois aux noix et tartes aux amandes.

Mr. Beard discourait de façon intéressa[nte] Dr Dee et de la langue « Enichienne » dans l[a] ses professeurs spirituels l'instruisaient, aussi s'installa pour boire une tasse de thé. Lena lui a[dres]sait des sourires pleins de fierté et paraissait totale[ment] heureuse. Finn essaya d'écouter le récit de Mr. B[eard] sur l'ange de Dee, mais fut incapable de se concent[rer]. Il continuait à réfléchir, tournant et retournant dans [sa] tête la façon dont il devait s'y prendre. Comment tu[er] un étranger qu'il n'avait jamais vu et laisser croire qu[e] c'était un accident ?

Le lendemain il retourna à Fortis Green Lane le [...] matin. La boîte à ordures avait disparu. Finn resta assis de l'autre côté de la rue et surveilla des gens qui nettoyaient leurs voitures ou taillaient leurs rosiers. Personne ne sortit ou n'entra au 54 et les rideaux de la chambre étaient toujours tirés.

Ce ne fut que le lundi soir, après y être retourné le dimanche après-midi et le lundi matin, que son attente fut enfin couronnée de succès. D'abord, à sept heures moins le quart, un homme assez grand, âgé d'une quarantaine d'années arriva et ouvrit la grille avant d'entrer dans la maison. Il portait une veste de fourrure et un pantalon foncé. L'apparence de cet homme intrigua Finn parce qu'il s'était attendu à quelqu'un de plus jeune. Il vit la lumière s'allumer dans le hall, puis dans les autres pièces du rez-de-chaussée et enfin dans la pièce du premier étage. Au bout d'un moment, Finn alla boire un jus d'ananas au Royal Oak, dans Sydney Road.

Lorsqu'il revint, la maison était plongée dans l'obscurité. Il s'installa dans sa camionnette et, par un effort de concentration, projeta son corps astral dans un ashram au pied de l'Himalaya où il entretenait ainsi, parfois, une conversation avec un moine.

CHAPITRE XV

Francesca était attristée à l'idée de donner sa démission. Elle avait aimé travailler pour Kate Ross au milieu des fleurs, mais il n'y avait pas d'autre solution, elle devait quitter son emploi. Le 24 février serait son dernier jour à la boutique. Adrian Vowchurch avait promis que l'acte d'achat de l'appartement de Swan Place serait enregistré deux jours plus tard.

— Désormais tu seras trop riche pour travailler dans une boutique de fleuriste, dit Tim en l'embrassant dans le cou ce qui la fit ronronner comme une chatte.

Il faisait si froid dans cette pièce que leur haleine s'élevait comme du brouillard au-dessus du lit.

— Pourquoi ne demandes-tu pas à Livingstone de t'acheter un centre floral?

— Ce serait un peu exagéré, dit gaiement Francesca. Je crois que je ne me suis pas trop mal débrouillée, mais je ne tirerai rien de plus de lui, car je ne vais pas le revoir. Maintenant que l'appartement est à mon nom, je vais disparaître. Il ne pourra me retrouver quand j'aurai quitté la boutique.

— Il pourra te retrouver dans ce délectable Swan

Place, à moins que ma chère petite fille refuse de lui donner une clé.

Tim alluma une *gauloise* et fuma dans l'obscurité. Le bout rougeoyant de la cigarette ressemblait à une étoile dans un ciel sombre et nuageux.

— Je n'ai pas l'intention d'y aller au début. J'avais songé à m'y installer comme il s'y attend et au bout de quelques jours de provoquer une terrible dispute au cours de laquelle je lui dirais de façon irrévocable que je ne veux plus le voir. Mais je ne crois pas que je saurais me montrer convaincante, je ne vaux rien dans les disputes. Je préfère rester tranquillement ici pendant deux ou trois jours, puis je lui écrirai pour lui dire que tout est fini entre nous, mais que j'ai besoin de l'appartement et que j'ai l'intention de m'y installer. Qu'en penses-tu? Irons-nous vivre dans ce charmant petit nid, Tim? ou préfères-tu le vendre pour que nous en achetions un autre?

— C'est à toi d'en décider.

— Ce qui est à moi est à toi, tu le sais.

Tim se mit à rire.

— Je me demande quelle mesure Miss Urban va prendre quand il découvrira ta supercherie. Je crois qu'il vaut mieux que tu ne comptes pas trop sur le mobilier. Il tira encore quelques bouffées de cigarette et ajouta : je dois dire que je ne regretterai pas le temps où ma chère petite fille me trompait avec Miss Urban.

— Tu dois avoir une âme de souteneur, dit Francesca, les souteneurs ne se soucient jamais de ces questions, n'est-ce pas?

— Le « souci » comme tu l'appelles est en proportion direct avec les gains immoraux. Il éteignit sa cigarette et se tourna vers elle. Ne mélangeons pas les questions. Personnellement, j'espère que Livingstone en a eu pour son argent.

– Oui et non. Oh! Tim tu as une main chaude et l'autre gelée, c'est agréable, c'est même fantastique...

Francesca apporta à Martin un grand specimen de *Xygocactus truncatus* qu'elle avait pris au magasin. Il avait fleuri tard et maintenant, à la fin du mois de février, ses feuilles plates portaient toutes une fleur rose vif. Martin éprouva une joie puérile disproportionnée avec le cadeau. Il plaça le pot devant la fenêtre. Il neigeait encore et les flocons légers faisaient un rideau entre la fenêtre et les lumières de la ville au loin.

On était mercredi et Martin laissa partir Francesca en taxi, mais le jeudi, elle passa la journée et la nuit à Cromwell Court. Martin prit un après-midi de congé et ils allèrent acheter des draps, des serviettes, une série de casseroles, deux lampes de chevet, une télévision japonaise portative en couleurs et un service de table en faïence. Ils ramenèrent tous ces articles avec eux. Le salon, composé d'un divan et de deux fauteuils recouverts en velours leur seraient livrés ainsi qu'une table de salle à manger à dessus de marbre et huit chaises. Francesca déclara qu'elle apporterait son argenterie et son service de verres. Acheter des objets qu'elle ne pourrait probablement pas garder ne l'amusait pas.

Ils dînèrent au *Bullock Cart* dans Heath Street et Martin lui dit que John Butler et sa femme devait déménager le lundi matin. Ils donneraient la clé à l'agent immobilier, à moins que Martin ne préférât venir la chercher lui-même au cours du week-end.

– Nous pourrions y passer samedi, répondit Francesca.

Quand Mr. Cochrane sonna à huit heures et demie,

ce fut Francesca qui lui ouvrit la porte. Elle portait une veste de pyjama de Martin sur des jeans étroits. Martin sortit de la cuisine avec son tablier. Mr. Cochrane entra sans rien dire, les narines frémissantes à l'odeur du cactus et du parfum « Ma griffe » qui flottait dans l'air. Il referma la porte en disant « Bonjour Madame », puis il entra dans la cuisine où il posa sa valise avec ses ustensiles de ménage.

– Comment va votre belle-sœur? demanda Martin.

– Elle est revenue à la maison ce matin... si l'on peut appeler ça une maison.

Tenant une boîte d'encaustique et deux chiffons de meuble à la main, il alla au salon où il examina d'un œil critique les draps, les serviettes, les casseroles et les lampes achetées la veille. Finalement, il se tourna vers Francesca avec une sorte de rictus qui était sa façon de sourire :

– Quelle bénédiction pour lui de vivre une vie normale, Madame. J'aime qu'un homme soit un homme, si vous voyez ce que je veux dire.

– Je vois très bien, dit Francesca avec un rire de gorge.

– Désirez-vous que je fasse quelque chose de particulier ou que je procède comme d'habitude?

– Oh! faites comme d'habitude, répondit Francesca avec son plus radieux sourire.

C'était son dernier jour à la boutique puisque Kate lui avait dit qu'elle n'avait pas besoin de venir le samedi matin. La semaine prochaine, quand elle aurait disparu, Martin irait-il au magasin poser des questions à Kate? Peu importait ce que Martin ferait alors. La transaction serait terminée, l'argent versé. Peut-être devrait-elle rassembler son courage et s'installer dans l'appartement où elle dirait la vérité à Martin. Légale-

174

per l'argent dans un journal et son regard fut attiré par une photographie en première page du *North London Post*. Il ramassa le journal et regarda cette photographie avec attention.

Bien qu'il s'intéressât rarement à un journal, il reconnut la scène représentant l'endroit où Anne Blake avait trouvé la mort. Il avait déjà vu cette même photographie dans un autre journal, celui dans lequel Kaiafas avait enveloppé son paiement, comme pour une plaisanterie macabre.

Donc Martin Urban *savait*. En vérité, c'était parce que Martin Urban était au courant qu'il avait fait appel à lui pour ce travail encore mal défini. Comment l'avait-il appris ? Il était impossible de le deviner, mais il devait le savoir, car pour quelle autre raison aurait-il envoyé à Finn ce journal avec cette photographie ? Une sensation inconnue de frayeur envahit Finn tandis qu'il réfléchissait. Martin Urban pourrait difficilement faire état de ce qu'il savait étant donné le « service » qu'il attendait de lui. Finn secoua le journal, s'attendant à ce qu'un mot d'explication en tombât. Puis il tourna lentement les pages, en quête d'une clé ou d'un indice. Finalement, ce fut à la page sept qu'il le trouva.

Un entrefilet souligné à l'encre rouge avec un numéro de rue ajouté et un nom souligné. Finn lut le paragraphe avec attention retenant certains détails. Puis il enfila son pull-over jaune et sa vareuse. L'occasion était bonne pour recouvrir ses cheveux pâles d'un bonnet de laine et d'abriter ses yeux reconnaissables derrière des lunettes noires. Finn ferma ensuite sa porte à clé et se rendit au garage de Somerset Grove.

Là, il remplaça sa plaque minéralogique par une portant le numéro TLE 315 R. Deux ans plus tôt, il s'était approprié cette plaque en la retirant d'une Lancia qui était restée garée dans Lord Arthur Road durant une journée et une nuit. Il savait que cela lui serait utile un jour. Ainsi déguisé, il se rendit à Fortis Green Lane et se gara peu avant le Nº 54. Il était près de trois heures.

Il était impossible de dire si la maison était vide ou occupée. Il faisait très froid, le ciel était bas et le vent soufflait avec violence. Toutes les fenêtres du 54, Fortis Green Lane étaient fermées. La plus grande, au premier étage, avait les rideaux tirés. Il était encore trop tôt pour que la lumière fût allumée. Sur le trottoir se trouvait une boîte à ordures dont le couvercle, soulevé par le vent, faisait entendre un bruit de ferraille. Finn pensa que s'il y avait quelqu'un dans la maison, on serait sorti pour faire cesser ce tapage.

De nombreux passants circulaient, jeunes couples, main dans la main, personnes plus âgées revenant de faire des courses. Le visage rougi par le froid, la plupart marchaient vite pour se réchauffer. Aucune ne prêta attention à Finn, occupé à lire son journal dans sa camionnette.

La boîte à ordures continua à battre de la même manière jusqu'à cinq heures où un coup de vent plus violent la renversa. Personne ne sortit de la maison. Finn attendit encore une demi-heure pour s'assurer que l'obscurité continuait à régner dans la maison et qu'il n'y avait pesonne. Puis il rentra chez lui.

Lena prenait le thé avec Mr. Beard. Un rideau en dentelle déchiré servait de nappe sur la table en bambou. Celle-ci était couverte de tout ce que Lena avait acheté pour le thé : feuilletés au fromage, pizza aux anchois, gâteaux viennois aux noix et tartes aux amandes.

Mr. Beard discourait de façon intéressante du Dr Dee et de la langue « Enichienne » dans laquelle ses professeurs spirituels l'instruisaient, aussi Finn s'installa pour boire une tasse de thé. Lena lui adressait des sourires pleins de fierté et paraissait totalement heureuse. Finn essaya d'écouter le récit de Mr. Beard sur l'ange de Dee, mais fut incapable de se concentrer. Il continuait à réfléchir, tournant et retournant dans sa tête la façon dont il devait s'y prendre. Comment tuer un étranger qu'il n'avait jamais vu et laisser croire que c'était un accident?

Le lendemain il retourna à Fortis Green Lane le matin. La boîte à ordures avait disparu. Finn resta assis de l'autre côté de la rue et surveilla des gens qui nettoyaient leurs voitures ou taillaient leurs rosiers. Personne ne sortit ou n'entra au 54 et les rideaux de la chambre étaient toujours tirés.

Ce ne fut que le lundi soir, après y être retourné le dimanche après-midi et le lundi matin, que son attente fut enfin couronnée de succès. D'abord, à sept heures moins le quart, un homme assez grand, âgé d'une quarantaine d'années arriva et ouvrit la grille avant d'entrer dans la maison. Il portait une veste de fourrure et un pantalon foncé. L'apparence de cet homme intrigua Finn parce qu'il s'était attendu à quelqu'un de plus jeune. Il vit la lumière s'allumer dans le hall, puis dans les autres pièces du rez-de-chaussée et enfin dans la pièce du premier étage. Au bout d'un moment, Finn alla boire un jus d'ananas au Royal Oak, dans Sydney Road.

Lorsqu'il revint, la maison était plongée dans l'obscurité. Il s'installa dans sa camionnette et, par un effort de concentration, projeta son corps astral dans un ashram au pied de l'Himalaya où il entretenait ainsi, parfois, une conversation avec un moine.

169

Il sommeilla un peu quand son corps astral réintégra son enveloppe charnelle et il se réveilla furieux à la pensée d'avoir peut-être manqué sa proie. Mais la maison était toujours dans l'obscurité. Il consulta sa montre et décida d'attendre encore une heure, c'est-à-dire jusqu'à minuit.

Pendant qu'il était là, des voitures étaient passées continuellement bien que la circulation ne fût pas intense. A onze heures cinq une Triumph Toledo blanche s'arrêta devant le N° 54 et une femme en descendit. Elle était jeune, grande et ses cheveux tombaient comme une cape sur ses épaules. Finn baissa la vitre. Il s'attendait à voir descendre de la voiture l'homme à la veste de fourrure, mais il entendit seulement la voix de Martin Urban :

– Bonne nuit, Francesca.

Cela résolut pour Finn certaines questions qui l'avaient laissé perplexe. C'était la bonne adresse. Il en avait douté. Il releva sa vitre et vit la jeune femme debout devant la grille qu'elle ouvrit pour se diriger vers l'entrée de service. Elle se retourna pour agiter la main vers Martin Urban avant d'entrer dans la maison. Finn se sentit soulagé. Il regarda la voiture blanche s'éloigner et gagner de la vitesse. Quand elle eut disparu au premier tournant, Finn entendit des pas sur le trottoir. Russel Brown ouvrit à son tour la grille et entra dans la maison par la porte principale. Aussitôt la lumière brilla dans le hall.

Finn mit le contact et alluma ses veilleuses avant de démarrer.

Place, à moins que ma chère petite fille refuse de lui donner une clé.

Tim alluma une *gauloise* et fuma dans l'obscurité. Le bout rougeoyant de la cigarette ressemblait à une étoile dans un ciel sombre et nuageux.

— Je n'ai pas l'intention d'y aller au début. J'avais songé à m'y installer comme il s'y attend et au bout de quelques jours de provoquer une terrible dispute au cours de laquelle je lui dirais de façon irrévocable que je ne veux plus le voir. Mais je ne crois pas que je saurais me montrer convaincante, je ne vaux rien dans les disputes. Je préfère rester tranquillement ici pendant deux ou trois jours, puis je lui écrirai pour lui dire que tout est fini entre nous, mais que j'ai besoin de l'appartement et que j'ai l'intention de m'y installer. Qu'en penses-tu? Irons-nous vivre dans ce charmant petit nid, Tim? ou préfères-tu le vendre pour que nous en achetions un autre?

— C'est à toi d'en décider.

— Ce qui est à moi est à toi, tu le sais.

Tim se mit à rire.

— Je me demande quelle mesure Miss Urban va prendre quand il découvrira ta supercherie. Je crois qu'il vaut mieux que tu ne comptes pas trop sur le mobilier. Il tira encore quelques bouffées de cigarette et ajouta : je dois dire que je ne regretterai pas le temps où ma chère petite fille me trompait avec Miss Urban.

— Tu dois avoir une âme de souteneur, dit Francesca, les souteneurs ne se soucient jamais de ces questions, n'est-ce pas?

— Le « souci » comme tu l'appelles est en proportion direct avec les gains immoraux. Il éteignit sa cigarette et se tourna vers elle. Ne mélangeons pas les questions. Personnellement, j'espère que Livingstone en a eu pour son argent.

172

CHAPITRE XV

Francesca était attristée à l'idée de donner sa démission. Elle avait aimé travailler pour Kate Ross au milieu des fleurs, mais il n'y avait pas d'autre solution, elle devait quitter son emploi. Le 24 février serait son dernier jour à la boutique. Adrian Vowchurch avait promis que l'acte d'achat de l'appartement de Swan Place serait enregistré deux jours plus tard.

– Désormais tu seras trop riche pour travailler dans une boutique de fleuriste, dit Tim en l'embrassant dans le cou ce qui la fit ronronner comme une chatte.

Il faisait si froid dans cette pièce que leur haleine s'élevait comme du brouillard au-dessus du lit.

– Pourquoi ne demandes-tu pas à Livingstone de t'acheter un centre floral?

– Ce serait un peu exagéré, dit gaiement Francesca. Je crois que je ne me suis pas trop mal débrouillée, mais je ne tirerai rien de plus de lui, car je ne vais pas le revoir. Maintenant que l'appartement est à mon nom, je vais disparaître. Il ne pourra me retrouver quand j'aurai quitté la boutique.

– Il pourra te retrouver dans ce délectable Swan

ment l'appartement était à elle. Jamais elle n'aurait le courage d'affronter Martin. La seule manière pour elle de s'en sortir était de disparaître et de lui écrire. S'il se mettait en colère, elle enverrait Tim s'expliquer avec lui, puis quand tout serait apaisé, elle prendrait possession de ce logis de rêve.

Martin vint la chercher à six heures moins dix et ils retournèrent à Cromwell Court où il prépara le dîner. Vers onze heures, il la raccompagna à Fortis Green Lane et Francesca fut encore obligée de se réfugier dans l'entrée de service du N° 54. Ce soir-là, la maison était dans l'obscurité. Elle se tint contre le mur, attendant que la voiture démarrât. Dès qu'elle l'entendit s'éloigner, elle ressortit. Ce n'était pas la voiture de Martin qui était partie mais une camionnette grise. Martin était toujours là. Elle lui raconta qu'elle avait oublié la clé et qu'elle devait réveiller Russel pour entrer.

– Je t'en prie, va-t'en, chéri. Tout se passera bien.

A contrecœur, Martin s'en alla. Francesca tremblait de colère et d'impatience. Elle dut s'adosser un moment contre le mur. Quand elle fut plus calme, elle retourna dans la rue. La nuit était glaciale. Elle aurait supporté un manteau plus chaud que cette veste rayée sur sa robe de velours. Chaque fois que Martin la déposait là, elle essayait une nouvelle direction pour trouver un taxi. Elle les avait toutes épuisées. Francesca qui n'était généralement pas peureuse, ni sujette à laisser vagabonder son imagination, hâta le pas... si la voiture de Martin avait une panne ou s'il revenait dans la rue... Maintenant que son objectif était presque atteint, elle devenait de plus en plus nerveuse, redoutant qu'au dernier moment quelque chose l'empêchât d'avoir cet appartement.

Mais non. Il n'arriverait rien. Ils avaient décidé de

ne pas se voir le dimanche car elle devrait préparer ses valises. Elle releva le capuchon de sa veste en frissonnant. Heureusement, elle trouva un taxi au bout de la rue.

— Je ne suis pas souvent nerveuse, expliqua-t-elle à Tim, mais j'ai vraiment eu peur tandis que j'attendais dans ce jardin. Imagine que le propriétaire m'ait débusquée et jetée dehors, Martin aurait pu voler à mon secours croyant que c'était mon mari. J'ai imaginé le pire!

Tim se mit à rire.

— Le pire serait de perdre cet appartement. Autrement, je ne peux rien imaginer de plus drôle que Livingstone tombant à poings fermés sur un total étranger au milieu de la nuit à Finchley!

Francesca ne put s'empêcher de rire en prenant une des cigarettes de Tim.

— Qu'est-ce qui t'a pris de choisir cette rue et cet homme?

— Je n'ai rien choisi. C'est ton « fiancé », souviens-toi. Je ne savais même pas qu'un Brown habitait Fortis Green Lane. L'idée de passer cet entrefilet dans le *Post* était destinée à donner plus de poids à ton histoire. Les gens prétendent que les journaux racontent des mensonges, mais ils croient toujours ce qu'ils y lisent. Fortis Green Lane est une rue très longue et Brown un nom fort répandu. Il y a peut-être une demi-douzaine de Brown qui habitent là. Livingstone a découvert lui-même celui-là dans l'annuaire téléphonique.

Il gela cette nuit-là et les toits étaient presque aussi blancs que lorsqu'il avait neigé. Francesca et Tim restèrent couchés tard et Lindsay se glissa dans le lit entre eux. Elle s'amusa à tresser les cheveux de sa mère en petites nattes serrées de style africain. Tim déclara qu'ils devraient vendre l'appartement pour en acheter un autre à Highgate. Ce serait parfait, dit Francesca, elle aimerait beaucoup vivre dans cette banlieue ou même dans la forêt d'Epping. Elle ne tenait nullement à Londres. Elle n'était pas mariée avec cette ville... ni avec l'auteur distingué du *Cocon de Fer*. Tous deux éclatèrent de rire.

Tim la conduisit aussi près qu'il l'osât de Cromwell Court. Martin voulut savoir quels arrangements elle avait prévu pour lundi. Avait-elle retenu un taxi? Lindsay irait-elle ou non à la crèche ce jour-là? Et Russel? Lui avait-elle dit qu'il devait y avoir un partage équitable de leurs biens et avait-il accepté? Francesca répondit à ces questions aussi bien qu'elle le put tandis qu'ils se rendaient à Swan Place pour récupérer la clé. Elle se sentit transportée de joie quand la clé fut en sa possession. Une clé donne un tel sentiment de droit à son possesseur.

Mrs. Butler lui fit faire, une fois encore, le tour de l'appartement. Francesca put difficilement contenir son excitation. Quelle différence cela faisait de considérer tout cela, de marcher sur ces tapis moelleux, de toucher ces rideaux soyeux, de tourner ces robinets en se disant que tout vous appartenait.

– M'inviteras-tu à dîner lundi soir? demanda Martin.

– Mardi. Donne-moi vingt-quatre heures pour m'installer.

– Très bien, entendu pour mardi. Adrian espère que tout sera terminé lundi à midi, aussi tu pourras venir aussitôt après. Je suppose que les Butler n'auront pas encore tout à fait terminé leur déménagement.

Francesca ne vit pas l'intérêt de prolonger cette conversation alors qu'elle n'avait pas du tout l'inten-

tion de venir dans cet appartement. Elle aurait souhaité avoir l'audace de demander à Martin de lui
donner l'acte notarié ou au moins de le déposer dans
une banque. Tim s'occuperait de ces détails. Elle avait
joué son rôle. Martin lui tint la main dans la voiture
en lui proposant de dîner tranquillement à la maison.

CHAPITRE XVI

La plupart du temps, il n'y avait personne à la maison, mais l'homme était là plus souvent que la femme, pensa Finn. Il ne les avait jamais vu ensemble, bien qu'il fût revenu cinq fois à Fortis Green Lane en se garant à des endroits différents. Il avait vu la femme deux fois et l'homme trois. Un jour, il avait aperçu l'homme avec une autre femme. Cela ne le troublait pas. Les relations de ces gens entre eux ou avec Martin Urban ne lui posaient pas davantage de problème. Emotion, passion, jalousie, désir étaient des sentiments qui lui étaient étrangers. Il préférait la magie. Il avait hâte d'être capable de pratiquer la magie, de forcer sa victime à sortir de la maison pour tomber dans une trappe.

Mais il avait perdu ce pouvoir avant même la mort de Queenie. Assis dans sa camionnette, il songeait comment dans ce pub il avait réussi, en se concentrant, à obliger ce journaliste à allumer une cigarette... ou bien était-ce une coïncidence? De tels doutes sont les ennemis de la foi et c'est la foi qui soulève les montagnes.

« Sors de cette maison », disait-il en fixant les fenêtres sombres et la porte close. Il répéta sa petite phrase à satiété, comme le mandrite dans sa méditation. Il n'avait aucun moyen de s'assurer si la maison était vide ou non. Il y avait peut-être une lumière allumée dans une pièce derrière ou dans la cuisine. Il était arrivé avant la tombée de la nuit, mais il n'y avait eu aucun signe de vie.

A l'intérieur de la camionnette, il faisait froid. Finn portait son pull-over jaune, sa casquette en laine et sa veste de cuir. Il lisait « *Les Confessions* » de Crowley. Il avait laissé Lena et Mrs. Gogarty indignées parce que Mr. Beard proposait de faire venir le Mage Abremelin, pour leur édification, par une méthode insoutenable, en sacrifiant un pigeon. Les émanations de son sang devaient fournir de quoi reconstituer le corps du mage. Les pigeons étaient plus nombreux à Finley que les mouches par un jour d'été, assurait Mr. Leard. Lena avait protesté et renvoyé Mr. Beard à Coventry. Finn souhaitait retourner auprès d'elle et de Mrs. Gogarty qui s'étaient réfugiées dans l'innocent plaisir du pendule.

La lumière venait de s'allumer dans le hall du 54 Fortis Green Lane. On la voyait briller à travers la vitre. Personne ne sortit, personne n'entra. Il était dix heures. Finn ne pensait pas qu'il se passerait quelque chose cette nuit-là. Une nouvelle fois, tout devrait être remis. Le fait d'avoir accepté l'argent de Martin Urban et de n'avoir encore rien accompli l'oppressait vaguement. Mais parce que c'était une perte de temps de rester là plus longtemps, il mit la voiture en marche et alla se ranger devant un pub où il entra boire un jus d'ananas.

Assis seul à une table, il fixa ses pensées sur un gros homme portant une veste en tweed et lui ordonna de se lever pour aller aux toilettes. Au bout de cinq minutes, l'homme se leva et sortit.

Ecœuré, Finn régla sa consommation et retourna dans la rue. A peine dehors, il fut saisi d'une prémonition si intense qu'il en fut presque suffoqué. Il la ressentit comme une violente migraine.

Cette nuit était la nuit décisive. S'il saisissait cette occasion et retournait immédiatement dans Fortis Green Lane, tout se passerait bien. Dans son esprit, il vit clairement la maison. La lumière brillait dans le hall et le petit jardin. Il fixa cette vision et ordonna à l'ennemi de Martin Urban d'apparaître. Au même instant, Finn eut devant lui une paire d'yeux terrifiés. Il remonta dans sa camionnette pour retourner à Fortis Green Lane aussi vite que possible.

Il n'eut pas besoin de surveiller ou d'attendre. Comme dans sa vision, l'ennemi de Martin Urban était dans le jardin et ouvrait la grille. Finn n'eut même pas à couper le contact. Il surveilla la silhouette enveloppée d'un manteau de fourrure qui tourna dans la première rue à gauche.

Il lui laissa deux minutes d'avance pour la suivre. Sa proie avait disparu. La rue était déserte. Il tourna à droite et aperçut la silhouette vêtue du manteau de fourrure devant lui, jetant une ombre dansante sous un reverbère. Il n'y avait pas de circulation. Des voitures étaient garées un peu partout. Une voiture de sport le doubla et s'éloigna en direction de Finchley.

Finn freina et continua à rouler lentement. Bientôt il arriva devant un poteau indiquant la proximité du boulevard circulaire. Il n'y avait plus de maison, plus de voiture garée. De chaque côté du boulevard dans lequel il déboucha, la voie était libre. D'un côté, sur un terrain vague s'amoncelaient des carcasses de voitures rouillées, de l'autre s'entassaient des vestiges d'immeubles en démolition. Tout cet espace était brillamment éclairé par des réverbères et cette lumière crue donnait à l'endroit un aspect de désolation totale.

On n'apercevait aucune habitation. Finn savait que tous les abords des voies à grande circulation se ressemblaient et que le quartier avait cet aspect de cauchemar parce que de vastes projets de construction n'étaient pas encore réalisés. Néanmoins, il avait le sentiment de pénétrer dans un monde irréel ou les us et coutumes de la vie ordinaire étaient suspendus et où seul régnait l'occulte. Il avait l'impression d'être seul au monde à la poursuite de cette ombre fuyante. Il se disait qu'il était peut-être lui-même invisible. Un sentiment de puissance l'envahit. Le ciel semblait couvert d'un voile d'or. Finn roula un moment en silence. A gauche, au delà de la silhouette sombre, le trottoir se terminait. Il serait nécessaire, inévitable de traverser la route large dont l'asphalte luisait dans la nuit.

Au-dessus du col de fourrure, la tête tourna à droite, à gauche, à droite encore. L'ombre noire s'engagea sur la route. Finn était en seconde. Il écrasa son pied sur l'accélérateur et d'un seul mouvement passa en troisième pour foncer en direction du manteau de fourrure. Il vit, alors, les grands yeux écarquillés de terreur. Il fit une embardée. Un cri perçant troua la nuit. Deux bras s'agitèrent dans un geste dérisoire de défense et, brusquement, il vit la forme rebondir devant son pare-brise avant de glisser sous les roues de sa camionnette dans un craquement d'os et de chair meurtrie.

Finn se mit en marche arrière pour parachever son œuvre. Il y avait beaucoup de sang sur la route. Il opéra un virage en épingle à cheveux et revint par le chemin qu'il avait pris. Durant plusieurs mètres, ses pneus laissèrent leur empreinte rouge. Il les nettoierait et changerait la plaque minéralogique avant de retourner voir Lena.

CHAPITRE XVII

Jusque-là, les bois n'avaient montré aucun signe annonciateur de printemps et soudain on sentait que les bourgeons étaient prêts à éclater. Martin ne put s'empêcher de penser à Tim. Il avait le sentiment, assez absurde et auquel il se refusait de céder, qu'il devrait arrêter sa voiture ici, sur la hauteur de Highgate pour se rendre en pélerinage à travers bois à l'endroit où il l'avait rencontré.

Que faisait Tim dans le bois ce matin-là? Bizarre qu'il ne lui ait jamais posé la question. Alors que lui-même était venu de Priory Gardens et marchait en direction du Nord, Tim avait paru arriver du carrefour de Woodman. Martin s'en approchait maintenant. Il s'avisa tout à coup qu'il pourrait aller jusque chez Bloomers acheter des fleurs pour Francesca. Naturellement, il lui avait promis de ne pas aller la voir aujourd'hui, mais il lui téléphonerait dès qu'il serait rentré chez lui et si elle préférait vraiment ne pas le recevoir ce soir, il lui déposerait les fleurs demain matin en allant au bureau.

Apparemment, Bloomers était fermé. Toutes les lumières étaient éteintes bien qu'il ne fût que six heures moins vingt. Martin gagna Cromwell Court.

183

Aucune lettre n'était arrivée au courrier du soir. Il avait écrit à nouveau à Mrs. Cochrane, mais il était trop tôt pour espérer une réponse.

Dans son salon, les achats du vendredi étaient répandus sur les sièges, casseroles, poêle à frire, serviettes de toilette et service de table en faïence. Francesca en aurait peut-être besoin.

Il avait relevé le numéro de téléphone des Butler. Il le composa et apprit que le numéro n'était plus attribué. Le service des postes n'avait, sans doute, pas reporté le nouvel abonnement.

Devait-il téléphoner à Tim? Il y avait maintenant trois mois qu'il ne lui avait parlé et il ne désirait rien autant que renouer le contact avec lui, spécialement ce soir où il n'était pas avec Francesca. Ils ne s'étaient pas querellés. Ils avaient cessé de se voir à cause de ce ridicule sentiment de culpabilité. Cet argent avait brisé leur amitié. Presque tout l'argent était dépensé et le serait quand il aurait réglé le cas de Mrs. Finn et de Mrs. Cochrane.

Tim ne devait pas encore être rentré chez lui. Martin téléphona à Adrian Wowchurch et le remercia d'avoir réglé la transaction aussi rapidement.

— Francesca a-t-elle emménagé?

— Oui, bien sûr.

— A propos, l'agence immobilière m'a fait savoir qu'il y avait deux clés supplémentaires à ta disposition.

Martin remercia et dit qu'il s'en occuperait. Il continua la conversation dans l'espoir qu'Adrian l'inviterait à passer le voir un soir chez lui avec Francesca, mais Adrian ne le fit pas. Il s'excusa d'abréger l'entretien parce qu'il dînait en ville avec sa femme. Martin raccrocha en pensant que Francesca lui téléphonerait sans doute après avoir couché Lindsay.

Il but un whisky, se fit une omelette aux champignons de quatre œufs. Quand il eut terminé son repas et rangé la vaisselle, il était huit heures et demie.

Le téléphone sonna à neuf heures. C'était Norman Tremlett. Celui-ci vivait chez ses parents et il voulait savoir si Martin accepterait de venir dîner chez eux avec Francesca le samedi suivant. Martin ne souhaitait guère dîner chez les Tremlett, mais il se sentit flatté à la pensée d'accepter cette invitation comme si Francesca et lui étaient déjà un couple marié. Il accepta donc avec plaisir.

Il était maintenant trop tard pour téléphoner à Tim et lui proposer de le rencontrer ce soir. Il l'appellerait demain ou un jour prochain.

Pour la première fois depuis l'automne, Martin ouvrit la baie vitrée et alla sur le balcon. La nuit était froide, mais le ciel était si clair que l'on voyait briller les étoiles. Francesca ne lui téléphonerait pas ce soir. Il le constata avec résignation en pensant qu'il était absurde d'en être aussi désappointé. Après cette longue journée qui avait dû commencer par une querelle avec Russel et s'était sans doute terminée par une colère de Lindsay, elle devait être fatiguée. Elle devait dormir maintenant.

La poste apporta une lettre non de Mrs. Cochrane, mais de son beau-frère. Le ton était celui des notes de Mr. Cochrane, pincé et sentencieux. Elle commençait par « Cher Martin » et pour l'essentiel disait qu'il viendrait à Cromwell Court le soir même à huit heures en compagnie de Mrs. Cochrane. Martin consulta l'annuaire téléphonique pour voir si le numéro de Cochrane y figurait. A sa surprise, il l'y trouva. Mais lorsqu'il eut composé le numéro, il n'obtint pas de réponse. Il essaierait plus tard. Ce soir, il devait dîner avec Francesca à Swan Place aussi ne pouvait-il recevoir Mr. Cochrane.

Il se rendit à son bureau en passant par Shepard's Hill, non loin de Stanhope Avenue, mais trop loin pour voir les fenêtres de Francesca. C'était ennuyeux de ne pouvoir la joindre par téléphone. A onze heures, il avait rendez-vous avec un client. La conversation se prolongea et il était deux heures et demie lorsqu'il revint à son bureau après déjeuner. Francesca n'avait pas téléphoné. Elle attendait probablement que l'on vienne brancher sa ligne et n'osait sortir pour l'appeler. Il passerait la voir directement en quittant son bureau.

Il partit à cinq heures et demie. Swan Place était encore plus séduisant, si possible, que Cromwell Court. Les bâtiments étaient plus neufs. Il y avait des ascenseurs et des tapis dans l'escalier Martin sourit en songeant qu'il avait dépensé plus d'argent dans l'appartement de Francesca que dans le sien. Il prit l'ascenseur et sonna au N° 10.

On ne répondit pas. Il sonna encore. Elle était sortie. Où diable pouvait-elle être? Ne l'attendait-elle pas? Il resta un moment devant la porte, regrettant de ne pas être passé à l'agence chercher les clés. Elle serait fermée maintenant.

Il patienta près d'une demi-heure, puis il écrivit un mot sur le dos d'une enveloppe qu'il trouva dans sa poche et la glissa sous la porte. Il lui demandait de l'appeler dès qu'elle rentrerait.

Il commença aussi à s'inquiéter en se disant qu'il avait pu lui arriver quelque chose. Et si Russel lui avait demandé de revenir sous un prétexte quelconque et l'avait empêchée de repartir.

Il but un seul whisky parce qu'il était sûr de

conduire encore ce soir-là. Le téléphone ne carillonna pas, mais à huit heures, on sonna à la porte. Certain que c'était Francesca, il courut ouvrir. Sur le pas de la porte se trouvaient Mr. Cochrane et une femme de très petite stature, vêtue d'un manteau rouge avec un col de fourrure. Il les avait complètement oubliés!

– Bonsoir, Martin, dit Mr. Cochrane, Rita, voici Martin.

Mr. Cochrane portait un pull-over sur un jean et une sorte d'anorak doublé de fourrure. Stupéfait par leur accoutrement, Martin en avait le souffle coupé. Mais Mr. Cochrane n'attendit pas d'y être invité pour entrer, ni d'en être prié pour s'asseoir.

Il avait aidé sa belle-sœur à retirer son manteau et l'avait installée sur le divan après avoir pendu ses affaires, avec son anorak, dans le placard de l'entrée. Maintenant, il se frottait les mains pour les réchauffer devant le radiateur.

– Désirez-vous boire quelque chose? demanda machinalement Martin.

– Un whisky pour moi, et une limonade avec une goutte de porto pour Mrs. Cochrane.

Martin n'avait pas plus de limonade que de porto. Il fallut sortir les bouteilles de la cave à liqueur avant que Mr. Cochrane trouvât un substitut convenable. Sa belle-sœur n'avait pas ouvert la bouche, quand, finalement, Martin lui tendit un verre contenant un mélange de vermouth et de soda, elle agita la tête comme si elle était mue par un ressort et sa bouche se détendit en un sourire nerveux.

Assis contre le radiateur, Mr. Cochrane se lança dans un discours. Sa belle-sœur était prête à accepter l'offre de Martin pourvu qu'elle ait la liberté la plus absolue dans le choix de son logement. Martin devait aussi comprendre qu'il fallait vivre avec son temps.

Tout avait augmenté à une vitesse prodigieuse dans les environs de Londres et l'on ne pouvait rien trouver à moins de quinze mille livres.

A ce moment-là, le téléphone sonna. Martin se précipita. C'était un faux numéro. Mr. Cochrane déclara qu'il prendrait bien un peu plus de whisky et sans attendre la réponse se servit largement.

Il reprit alors son discours en assurant que maintenant qu'ils étaient bien d'accord et avaient éclairci la situation, il se mettrait en campagne pour trouver un appartement dès le lendemain.

Martin n'avait qu'une envie, se débarrasser d'eux au plus vite, même si cela devait lui coûter ses dernières cinq mille livres. Délibérément et avec méthode, il remplit son verre d'un demi-whisky et l'avala d'un seul trait.

— Je suis heureux d'avoir pu vous aider et que tout ait pu se conclure aussi facilement.

Le téléphone sonna. C'était Norman Tremlett qui demanda si Martin et Francesca pourraient venir dîner samedi en quinze au lieu de samedi en huit. Martin acquiesça et promit de rappeler Norman.

Mr. Cochrane avait enfilé son anorak et aidé sa belle-sœur à mettre son manteau. Il regarda la série de casseroles et la vaisselle.

— Je n'ai pas vu Madame vendredi, Martin, vous pouvez lui dire que j'ai l'intention de commencer le nettoyage de printemps, avec son accord, bien entendu.

Martin ne sut que répondre.

— Allons, venez, Rita.

Martin referma la porte sur eux avec un soupir de soulagement. Il restait encore un peu de whisky au fond de la bouteille. Il le termina. Il avait eu l'intention de retourner à Swan Place, mais il ne pouvait conduire maintenant, il avait trop bu. Il s'endormit d'un sommeil lourd et sans rêve et se réveilla avec la migraine.

A neuf heures moins le quart, il sonna à la porte de Francesca. Il sonna longtemps et dut se rendre à l'évidence : il n'y avait personne à la maison. Soudain, il se dit qu'elle avait peut-être conduit Lindsay à sa crèche et il écrivit un autre mot sur le dos de la facture des draps et serviettes, la priant de lui téléphoner sans faute avant le déjeuner.

Midi, midi et demie passèrent et elle n'avait toujours pas appelé. Pour la première fois, il commença à ressentir une réelle anxiété. Il s'excusa auprès de Gordon Tytherton avec qui il devait déjeuner et retourna à Swan Place. Francesca n'était toujours pas là. Il ne savait plus que faire. Puis il se souvint des clés et se rendit à Highgate à l'agence immobilière où des clés lui furent remises.

Ses billets étaient toujours sous la porte. Ce fut sa première constatation. La seconde, qui lui prit plus de temps pour en comprendre la signification, fut que l'appartement n'avait pas été occupé depuis le départ des Butler.

Il y avait les tapis sur le sol et les rideaux aux fenêtres, les chaises et la table, le réfrigérateur, la cuisinière et une bouilloire électrique, mais il n'y avait aucune provision dans la cuisine, la porte du réfrigérateur était encore ouverte après le dégivrage opéré par Mrs. Butler. Dans la salle de bains, il n'y avait ni savon, ni brosses à dents. Martin entra dans les deux chambres et constata que les lits n'étaient pas faits. Dans la plus grande, la penderie était vide, à l'exception de quelques cintres.

Désemparé, Martin s'assit devant la baie vitrée du salon qui était encore plus vaste que celle de son propre appartement. Mais il sauta presque aussitôt sur ses pieds. De toute évidence, la première chose à faire était de téléphoner chez Francesca à Fortis Green Lane. Pour une raison quelconque, parce qu'elle ou Lindsay était malade, ou que Russel avait usé de la force, elle n'avait pu quitter sa maison lundi.

Rejetant l'idée d'utiliser une cabine téléphonique, il retourna chez lui à Cromwell Court. Là, pour la première fois, il composa le numéro indiqué sur l'annuaire comme étant celui de H.R. Brown, 54 Fortis Green Lane. Personne ne répondit. Elle n'était donc pas malade chez elle. Brusquement, il éprouva un malaise. Il avait mal à la tête ou peut-être faim. Il se fit un sandwich au fromage qu'il ne put manger. L'idée de prendre un après-midi de liberté pour rechercher Francesca ne lui vint même pas. Il essaya une nouvelle fois de téléphoner, puis il retourna à son bureau, se rappelant la crainte qui l'avait assailli durant les premiers jours de leur rencontre, quand elle ne lui avait rien dit de sa vie et avait évité de lui donner son adresse. Il s'était demandé ce qu'il ferait si elle quittait son travail, car la boutique de fleuriste était le seul endroit où il était sûr de la retrouver.

Le magasin était fermé et éteint quand il passa devant à six heures. Il retourna chez lui, et se versa un cognac parce qu'il ne restait plus de whisky. Il pensa distraitement qu'une semaine plus tôt, il aurait pu commander une caisse de whisky et qu'il ne pouvait plus se le permettre maintenant. Il ne lui restait pas plus d'argent que lorsqu'il avait joué pour la première fois au concours de pronostics.

Personne ne répondit au téléphone au 54 Fortis Green Lane. Il essaya à quatre reprises entre six et sept heures. Aussitôt après la quatrième tentative, le téléphone sonna. C'était Norman Tremlett. Pourquoi Martin ne l'avait-il pas appelé hier soir comme il l'avait promis? Martin répondit en s'efforçant de rester calme. Dès qu'il put couper court à la conversation, il le fit. Il mangea sans plaisir le beafsteck qu'il avait ramené. La bouteille de cognac l'attirait, mais il savait que s'il en buvait encore, il n'oserait pas retourner en voiture à Finchley.

Il comprit que la maison était vide avant même de descendre de voiture. Que faire maintenant? Interroger les voisins comme il l'avait fait pour Annabel?Après avoir ruminé quelques minutes dans la voiture, il alla sonner au 52.

Une jeune adolescente vint lui ouvrir et devant ses questions embarrassées, appela sa mère.

– Excusez-moi, dit Martin, mais je voudrais savoir si Mr. et Mrs. Brown qui demeurent à côté, sont absents. Je suis... un de leurs amis.

La femme l'examina d'un œil soupçonneux et répondit sèchement :

– D'abord c'est inexact. Il n'y a pas de Mrs. Brown. Mon voisin est veuf depuis cinq ans.

Martin en eut le souffle coupé. Elle sentit peut-être qu'il était sous l'effet d'un choc et son ton se radoucit.

– Je ne vous connais pas et il se passe des faits si étranges de nos jours. Mr. Brown n'est pas là, vous pouvez le constater. Je ne l'ai pas vu depuis samedi, mais cela ne signifie rien. Nous ne nous fréquentons pas.

Elle referma sa porte. Martin revint sur ses pas. Ses mains tremblaient quand il les posa sur le volant. Il regarda droit devant lui et prit deux ou trois profondes aspirations. Lorsqu'il se sentit plus calme, il mit la

191

voiture en marche. La pluie s'était remise à tomber.

Le téléphone sonnait quand il entra dans son appartement. Il pensa que c'était Francesca. Il ignorait ce qu'elle avait fait, mais il savait que c'était terrible.

Il décrocha le téléphone. Il y eut un long silence. Puis une voix dit :

— C'est Finn qui parle.

CHAPITRE XVIII

— Oui, dit Martin, oui?

Il avait oublié qui était Finn et cette voix sourde ne lui rappelait rien.

— Je pensais que j'aurais de vos nouvelles.

De ses nouvelles? Oh! Oui, Finn était le fils de Mrs. Finn et elle était... il fut surpris d'entendre sa propre voix résonner aussi normalement.

— Vous avez donc réussi, je suppose?

— Oui.

Martin s'habituait à l'ingratitude. Il ne s'en souciait plus.

— Je vous enverrai le solde de la même manière que la première fois.

— En liquide, précisa Finn avant de raccrocher.

Il n'était que neuf heures. Martin se versa un peu plus de cognac mais ne put le boire. L'odeur même de l'alcool l'écœurait. Etait-il possible que la voisine lui ait menti? Pourquoi l'aurait-elle fait? Pourtant il avait vu Francesca entrer dans la maison... non, ce n'était pas exactement ce qu'il avait vu. Il se souvint de petits détails. Son insistance à prendre des taxis, son refus de l'inviter à entrer chez elle. Où était-elle maintenant? Elle devait bien vivre quelque part? Elle n'était pas venue à lui comme une princesse de légende sortant de l'écume de l'onde ou d'un autre univers. Sûrement, elle l'avait aimé. Il devait y avoir une raison aux mensonges qu'elle lui avait racontés et cette raison n'était pas forcément mauvaise. Il essaya d'en imaginer une, assis là devant sa fenêtre, regardant la nuit. Finalement, il termina son cognac et alla se coucher. Londres continua à briller comme si rien n'était arrivé.

Le lendemain le monde était devenu différent. Il faisait froid et humide, un vent violent soufflait. Il s'éveilla avec une impression indéfinissable de souffrance. Un moment plus tard, il se rappela que Francesca l'avait trompé.

En traversant Archway, il vit une femme se battre avec un parapluie qui se retourna. Les lumières n'étaient pas allumées au *Floreal,* mais il n'était pas encore neuf heures et demie. Il s'arrêta pourtant. Affichée à la porte se trouvait une pancarte « *Fermé jusqu'au lundi 5 mars.* » Il s'en retourna. Kate Rose pouvait être malade ou avoir pris des vacances. Il se rendit à son bureau. Kate devait avoir l'adresse de Francesca. Il y avait une dizaine de personnes nommées K. Rose dans l'annuaire téléphonique, mais aucune n'habitait Highgate où vivait Kate, selon Francesca. Pouvait-il croire rien de ce que Francesca avait affirmé ?

Ses parents vivaient à Chiswick et son nom de jeune fille était Blanch. Mais était-ce vrai ? Il existait un E. Blanch à Chiswick. Elle avait dit qu'ils vivaient dans un appartement situé dans une belle maison, elle avait dit... il composa le numéro en s'efforçant à se résigner à entendre une voix de femme lui dire qu'elle

194

n'avait aucune fille, qu'elle n'avait jamais été mariée...

Un homme répondit. A sa voix, il semblait âgé.

– J'essaie de joindre votre fille Francesca Brown.

Il y eut un long silence, puis :

– Je pourrais dire que je n'ai pas de fille.

Martin ne sut que répondre. Il allait raccrocher quand la voix cassée ajouta :

– Je n'ai pas vu Francesca depuis cinq ans. Elle n'a jamais manifesté de sentiments filiaux. Je peux vous donner le numéro de téléphone de son mari, mais Dieu sait quand elle l'a quitté. Elle quitte toujours tout le monde.

Martin nota le numéro et remercia.

Le numéro indiquait un téléphone à l'est de Londres, Ilford ou Stratford. Francesca lui avait-elle donné l'adresse de Fortis Green Lane parce qu'elle avait honte de la véritable? Martin crut entendre la vieille voix : « Dieu sait quand elle l'a quitté. Elle quitte toujours tout le monde ».

Pour la première fois, il sentit l'absurdité de sa position, son humiliation. Comment allait-il expliquer à ses parents, à Norman et à Adrian qu'il avait acheté un appartement à Francesca et qu'elle l'avait quitté sans même aller y vivre...

Elle quitte toujours tout le monde...

Il ne put trouver une excuse pour esquiver le dîner hebdomadaire chez ses parents. En buvant son Oloroso, sa mère lui dit qu'elle s'était presque attendue à voir Francesca, mais que, sans doute, elle n'avait pu laisser sa petite fille. Appuyé contre la cheminée, son Amontillado, à la main, Mr. Urban dissertait sur les cours de la bourse. Martin avait bu trois verres de Tio Pepe en se demandant où se trouvait Francesca, qui était le père de Lindsay et pourquoi elle avait menti au point que tout ce qu'elle avait raconté semblait un tissu de mensonges.

– Crois-tu que Francesca aimerait que je lui fasse une jupe en patchwork? demanda Mrs. Urban.

Martin répondit qu'il l'ignorait. Réponse qu'il serait maintenant obligé de faire à toutes les questions concernant Francesca.

– Je ne les aime guère moi-même, mais cela paraît être son genre, continua sa mère.

Martin partit tôt, après avoir pris dans la pharmacie de sa mère une des pilules pour dormir qu'elle emportait en vacances. Il arriva chez lui à neuf heures et demie. Qu'espérait-il apprendre en téléphonant à Russel Brown? Selon son père, elle l'avait quitté depuis des années. Il n'était peut-être même pas le père de Lindsay. Martin finit cependant par composer le numéro, mais n'obtint pas de réponse. Il avala le comprimé de Mogadon avec un verre de cognac et alla se coucher.

Mr. Cochrane arriva à huit heures et demie le lendemain matin et ne fit aucune allusion aux événements du mardi soir. Il avait monté le courrier. Martin ne l'ouvrit pas. Il porta les casseroles, la poêle à frire, les deux lampes, les draps et les serviettes dans sa chambre et entassa le tout dans un placard. Il les offrirait un jour en cadeau de noces à quelqu'un, pensa-t-il avec nostalgie.

Ayant revêtu sa tenue de travail, Mr. Cochrane vidait les placards de la cuisine, premier stade du nettoyage de printemps. Sur la table s'empilaient des journaux et des revues.

– Je ne comprends pas que vous gardiez tous ces vieux journaux, Martin, ça encombre, dit Mr. Cochrane.

Martin ne l'écoutait pas. Il cherchait l'exemplaire du *Post* du huit décembre. Celui où avait paru l'entrefilet concernant Russel Brown. Il devait se trouver en haut de la pile, car c'était le dernier qu'il avait reçu. Après cela, il n'avait plus pris le *Post*. Puis il se souvint. Il s'en était servi pour envelopper l'argent de Mrs. Finn. Au fait, dans l'après-midi, il devait passer à la banque pour retirer le solde des cinq mille livres.

Il était à son bureau depuis dix minutes quand Adrian Wowchurch téléphona. Il désirait savoir s'il devait envoyer la note de ses honoraires à Francesca ou à Martin.

Ce dernier ne s'était pas attendu à payer d'honoraires. Il était exact qu'il avait chargé son ami de l'achat de l'appartement, mais comme lui, Martin, avait passé des heures à débrouiller les papiers de famille de Julie sans jamais demander à être payé, il était en droit de compter sur une certaine réciprocité. Il répondit seulement :

– A moi, bien entendu, pourquoi ?

– Mon cher vieux, ce n'est qu'une question. Les dames sont souvent chatouilleuses dans ce domaine. Francesca est propriétaire maintenant et légalement ces frais lui incombent.

– Adrian...

– Quoi ? Je voulais seulement te faire remarquer que tu parles comme si l'appartement était à toi. Tu ne peux gagner sur tous les tableaux, éviter les impôts et garder un pied dans la place.

L'appartement était à elle. Le savait-elle ? Il ne le lui avait jamais carrément expliqué, mais elle devait l'avoir compris. Elle n'était pas folle. Et dans ce cas, elle viendrait sûrement l'habiter.

Il alla voir son père pour lui dire qu'il s'absentait une heure. Walter Urban était préoccupé par la lettre d'un client.

— Il est président d'une société d'investissement et il n'entend rien aux questions financières! Il m'écrit qu'il a donné dix mille livres à sa sœur pour ouvrir un commerce et il me demande s'il peut déduire cette somme de ses impôts. Qu'est-ce qu'il s'imagine? Que le gouvernement va lui faire des cadeaux? N'a-t-il jamais entendu parler de la T.T.C.?

— La T.T.C. répéta Martin qui connaissait très bien la signification de ces initiales.

— Taxe sur les Transferts de Capitaux, réveille-toi, Martin. Sa sœur n'est pas une œuvre de charité. Pourquoi ne m'a-t-il pas consulté avant de gaspiller ainsi son argent?

Martin se demanda pourquoi lui-même n'avait pas consulté son père ou même fait appel à ses propres connaissances. Etait-ce parce qu'il avait préféré ne pas savoir et voir ses nobles projets gâchés? Exactement comme il s'était refusé à approfondir les véritables relations entre Francesca et son mari. Maintenant, dans les deux cas, il aurait à payer pour avoir volontairement fermé les yeux.

Presque tout son argent s'en était allé et il aurait probablement à payer des impôts, au moins sur ce qu'il avait donné à Miss Watson et Mrs. Cochrane, mais peut-être pas pour Mrs. Finn parce qu'il s'agissait d'argent liquide... avait-il l'intention de devenir malhonnête et de voler le fisc? Il s'efforça de chasser toutes ces questions d'argent de son esprit. S'en souciait-il vraiment en ces circonstances?

Il retourna à Swan Place. L'appartement était tel qu'il l'avait vu le mercredi, vide, désolé. La porte du réfrigérateur toujours ouverte, la moquette marquée aux endroits où les meubles l'avaient écrasée.

Il aurait pu se confier à Adrian, mais il ne pouvait s'y résoudre. Au téléphone la voix d'Adrian avait été trop moqueuse, froide et impersonnelle. Il songea à ceux de ses amis auxquels il pouvait demander conseil. Norman, les Tytherton... ils ne pourraient rien faire de plus que lui et derrière son dos, ils ricaneraient.

De retour à son bureau, il songea à cet article du *Post*. Il se souvenait parfaitement de sa teneur. Russel Brown avait trente-cinq ans, il était professeur dans un collège technique et avait écrit un livre sur le XIVe siècle. Sa femme se prénommait Francesca et leur fille Lindsay.

Le *Post* pouvait-il s'être trompé? L'adresse aurait-elle pu être Fortis Green *Road* ou Fortis Green *Avenue*? Cela n'expliquerait pas que Francesca ait paru vivre là.

Le *Post* devait posséder certaines précisions et il connaissait quelqu'un qui travaillait au Post : Tim Sage.

Tim ne connaîtrait peut-être pas la réponse aux questions qu'il se posait, mais il pourrait l'aider. Un journaliste sait toujours comment s'y prendre pour retrouver une adresse inconnue, un numéro de téléphone ou même une personne disparue. Il était stupide de penser que Tim et lui puissent être des ennemis. Il n'y avait jamais eu la moindre querelle entre eux, sauf dans son esprit.

Il composa le numéro du *Post*. Non, Mr. Sage n'était pas là. Il était toujours difficile de le joindre. Jusque-là, c'était toujours Tim qui l'avait appelé. Un sentiment de désolation envahit Martin. Assis devant son bureau, il se sentait incapable de travailler.

Environ une heure plus tard, Caroline vint lui annoncer qu'une famille indienne demandait à le voir.

– Un homme, une femme et un petit garçon accompagnés d'un vieil homme qui ressemble à Gandhi.

– Que veulent-ils?

– Ils reviennent d'Australie, je n'ai pas très bien compris, mais ils désirent vous remercier.

Les Bhavnani.

Depuis des mois, il avait espéré les voir, désirant, sans bien l'admettre, une manifestation de leur gratitude. Maintenant qu'ils étaient là, il ne pouvait leur faire face.

– Conduisez-les auprès de mon père. Il s'appelle également Mr. Urban.

Bien qu'il ne fût que quatre heures, il quitta son bureau et retourna à Swan Place où il s'assit devant la fenêtre, attendant Francesca tout en sachant qu'elle ne viendrait pas.

Samphire Road. Martin trouva la rue sur un plan de Londres qu'il conservait dans sa voiture. C'était près de Finsbury Park. Il n'était jamais venu dans ce quartier.

Si Tim était sorti, il l'attendrait, assis dans sa voiture. Il attendrait jusqu'à minuit si c'était nécessaire. Il n'avait rien d'autre à faire.

Il était près de six heures, quand Martin partit de Swan Place. L'ami avec qui Tim vivait serait peut-être là. Martin se souvint du grand divan de velours rouge dont il avait rêvé. Cette seule pensée le remplit de confusion.

Il raconterait tout à Tim et la perspective d'être franc, enfin, avec son ami provoqua chez lui une joie si intense que ses mains en tremblèrent. Pendant un moment, il oublia la disparition de Francesca et son amère déception. Le secret qu'il avait caché à Tim pendant trois mois avait pesé sur lui et dans quelques minutes il pourrait s'en décharger. Il en oubliait même que son dessein initial en venant voir Tim était de le questionner sur l'article du *Post*. Il se préparait à sa confession comme un pêcheur longtemps éloigné du confessionnal.

Il se trouva dans un quartier désolé où les rues, coupées de barricades étaient traversées de terrains vagues. De vieilles masures hideuses ressemblaient à des collines entourant un cratère dans un désert. Martin n'eut aucun mal à localiser Samphire Road. Par comparaison, Fortis Green Lane ressemblait à un quartier résidentiel.

Il gravit quelques marches de ciment pour atteindre la porte d'entrée et appuya sur la sonnette portant le nom de Sage. Rien ne se passa pendant un moment. Puis une lumière s'alluma derrière la vitre verte et jaune qui garnissait la porte. Il eut conscience d'une odeur de Gauloise. La porte s'ouvrit et Tim se dressa devant lui. Il portait des jeans et un vieux pull-over gris trop large qui le faisait paraître plus maigre que jamais. Son visage aux traits tirés était pâle et sa bouche aussi rouge qu'un fruit mûr. Il retira sa cigarette de ses lèvres et dit :

– Je pensais bien que tu viendrais. Ce n'était qu'une question de temps avant que tu piges.

Martin le dévisagea. Il ne comprenait pas ce que ces paroles signifiaient. Puis il se passa quelque chose de si étrange, de si véritablement stupéfiant que temporairement il oublia Tim.

Au bout du couloir, une porte s'ouvrit et une enfant vint en courant vers eux. C'était impossible ! Et pourtant, c'était bien Lindsay !

Elle s'arrêta brusquement et regarda Martin avec une expression pleine de colère et d'antipathie. Se jetant sur les jambes de Tim, elle leva les bras vers lui. Tim la souleva et la tint contre lui. Les cheveux bruns de l'enfant contre ses propres cheveux bruns, le teint velouté, contre le même teint velouté. Deux paires d'yeux bleus identiques regardaient Martin. Celui-ci sentit la terre bouger sous ses pieds, les murs se rapprochèrent, le couloir parut se balancer et il s'appuya contre le mur pour ne pas tomber.

— Tu ferais mieux d'entrer, dit Tim.

Martin fit quelques pas, contemplant Lindsay et celui qui était, sans aucun doute, son père. Mais Francesca était aussi sa mère.

— Je ne comprends pas, balbutia-t-il, toi et Francesca... Où est Francesca?

Tim posa l'enfant par terre. Il s'appuya contre la porte, les bras croisés.

— Elle est morte. Ne le savais-tu pas? Non, bien sûr... Comment l'aurais-tu appris? Elle a été renversée par une voiture samedi soir. Le chauffeur ne s'est pas arrêté.

S'accrochant à lui, Lindsay se mit brusquement à pleurer.

CHAPITRE XIX

Les cris de Lindsay parurent exprimer la douleur des deux hommes, le chagrin de Tim, le désarroi incrédule de Martin. Tous deux restèrent silencieux, oublieux des sanglots et des trépignements de l'enfant. Ils se regardaient. Martin fut le premier à détourner son regard. Lentement, Tim se baissa pour prendre Lindsay dans ses bras. Elle s'arrêta de crier, mais de gros sanglots continuaient à soulever sa poitrine.

Une porte s'ouvrit à l'étage au-dessus et une voix de femme demanda :

– Est-ce que tout va bien, Tim? Seigneur! Elle en fait une colère!

Tim alla au pied de l'escalier avec Lindsay dans les bras.

– Pouvez-vous la garder pendant une demi-heure, Goldie?

– Bien sûr. Montez-la moi.

Quand il revint, Tim invita Martin à entrer.

– Nous avons tous deux besoin d'un remontant. Viens.

Il ouvrit la porte de la pièce d'où Lindsay était sortie. C'était une cuisine modernisée par des plaques en formica autour de l'évier et quelques placards, mais tristement démodée avec une vieille chaudière hors d'usage dans un coin, et un manteau de cheminée dont le tuyau avait été bouché par du papier journal. Le four de la cuisinière à gaz était allumé ainsi qu'un radiateur électrique mural. Sur la table, sur laquelle s'entassaient des journaux et des paquets de cigarettes, se trouvaient les reliefs d'un repas et une bouteille de Gin à moitié vide.

Martin avança dans une sorte de brouillard. Tim lui indiqua une des petites chauffeuses qui flanquaient le radiateur électrique, mais Martin se laissa tomber sur une chaise en bois devant la table et se prit la tête entre les mains.

– Le veux-tu pur ou avec de l'eau?

– Peu importe.

Jusque-là, Martin n'avait jamais bu de gin pur. Il n'en avait jamais bu de tiède, comme l'était celui-là. Le goût était si écœurant qu'il eut l'estomac soulevé, mais l'alcool le remonta.

Il tourna vers Tim un regard hagard. Tim le surveillait avec quelque chose qui ressemblait au désespoir, mais qui n'était peut-être que de l'indifférence. Lorsqu'il parla, ce fut d'une voix froide, détachée, telle celle d'un sociologue rendant compte d'un échec.

– Je peux te répéter ce que la police m'a dit et combler les lacunes par ce que je sais de ce qui s'est passé. Après que tu l'aies déposée devant cette maison de Finchley, elle est allée à la recherche d'un taxi pour rentrer à la maison. Ce n'était pas la première fois. Il n'est pas facile de trouver des taxis là-bas. Elle a dû marcher longtemps, jusqu'au boulevard périphérique.

Tim fit une pause et reprit de la même voix neutre :

– On ne peut comprendre comment le chauffeur n'a

pu la voir traverser. C'est éclairé *a giorno*. Peut-être que ce type était ivre ou qu'il ne regardait pas. Un autre automobiliste l'a trouvée dix minutes plus tard... c'est du moins ce que l'on pense. Elle vivait encore. Elle est morte à l'hôpital le dimanche soir.

Martin murmura :

– Elle a survécu tout ce temps...

– Elle était dans le coma. Un peu plus de gin ?

Sans attendre de réponse, Tim remplit leurs deux verres et alluma une autre cigarette. Le seul signe d'émotion qu'il manifestât était la façon dont il tirait sur sa cigarette avec nervosité.

Le gin donna une bouffée de chaleur à Martin et le rendit plus courageux.

– Etais-tu marié avec Francesca ?

Tim eut un rire ironique :

– Tu es mieux placé que quiconque pour le savoir, tu as lu mes déclarations fiscales. N'aurais-je pas eu à préciser que j'étais marié ? Francesca était toujours la légitime épouse de ce gars d'Ilford. Il s'appelle réellement Russel Brown.

– Mais cet article dans le journal...

– Ce qu'on lit dans les journaux n'est pas toujours d'une source infaillible. C'est moi qui ai rédigé cet avis en me servant de noms réels. Je n'ai pas précisé qu'elle vivait 54 Fortis Green Lane. Francesca ne t'en a rien dit. Tu es arrivé à cette conclusion tout seul. Tu t'es lancé dans des conjectures que tu as prises pour des vérités, exactement comme tu l'as fait quand tu as vu ces ecchymoses sur Francesca et que tu en as déduit que Russel l'avait battue. En fait, elle avait glissé sur le verglas comme plusieurs milliers de personnes ce jour-là.

Martin garda le silence. Au bout d'un moment, il demanda :

– Veux-tu dire qu'il s'agissait d'une conspiration entre toi et Francesca contre moi?

L'énormité de ce qui lui avait été fait tombait maintenant sur Martin comme une trombe d'eau. Il sentait ses pulsations battre à ses tempes.

– Vous avez monté tous les deux cette histoire pour...

La compréhension lui venait maintenant.

– ... pour me soutirer cet appartement? Vous êtes deux... criminels!

– Au début, Francesca n'avait l'intention que de te soutirer de l'argent ou un bijou. Je savais que tu avais gagné au concours de pronostics. Tu aurais dû te rappeler que j'ai une excellente mémoire surtout en ce qui concerne les chiffres. Il but une gorgée de gin et haussa les épaules : Tu n'es pas un parangon de générosité, n'est-ce-pas? Je n'ai rien touché et tu ne lui as rien donné jusqu'à ce que tu aies cette brillante idée d'échapper aux plus-values. Après cela, ce fut un engrenage.

Martin se mit debout. Il chancela et prit appui sur la table. Il restait un dernier point à éclaircir. Si elle avait été infidèle à Russel Brown avec Tim, elle avait été infidèle à Tim avec lui. Il regarda Tim dans les yeux et d'une voix pleine de défi, il lança :

– Elle a été ma maîtresse. Te l'a-t-elle jamais dit?

Tim s'était levé, un sourire de dérision sur les lèvres :

– Et alors? Cela faisait partie de son boulot. Il n'était pas question de mêler le travail avec le plaisir.

Sans réfléchir, ni préméditer son geste, Martin le frappa. Il doubla son coup et atteignit Tim à la mâchoire. Tim poussa un grognement, retomba sur sa

206

chaise, mais il se redressa aussitôt et sauta sur Martin, les poings en avant. Martin se baissa et frappa encore, renversant une lampe qui tomba sur le sol.

La pièce fut plongée dans l'obscurité et seule brillait le radiateur sur le mur, projetant une lueur rougeâtre sur les meubles et sur Tim. Adossé contre la porte, il avait l'air d'un démon ou d'un ange déchu. Il se jeta à nouveau sur Martin, mais cette fois, celui-ci le saisit par les épaules. Pendant un moment, ils restèrent debout liés ensemble, se battant, puis ils tombèrent sur le sol et roulèrent accrochés l'un à l'autre dans l'ombre sur l'épais tapis rugueux.

Tim essayait de saisir son adversaire par le cou pour lui frapper la tête contre le sol. Martin était plus fort. Plus grand et plus lourd que Tim, il était aussi plus puissant. Il réussit à saisir Tim par les poignets et les maintint derrière son dos, l'enveloppant de ses bras.

Ayant ainsi réussi à vaincre Tim, une surexcitation l'envahit. Il luttait avec Tim comme il l'avait fait dans son rêve. Et dans la pression du corps de Tim, roulant et se retournant l'un sur l'autre dans un embrassement si étroit que les deux hommes ne semblaient faire qu'un, il fut submergé par un désir violent. Il ressentit tout à coup une passion qu'il n'avait jamais connue dans ses relations les plus intimes avec Francesca.

Que Tim en eut ou non conscience importait peu. Il avait perdu toute prudence et toute contrainte inhibitrice. Il prononça le nom de Tim d'une voix rauque et le combat cessa. Il y eut un moment où Martin parut ne plus respirer, et puis parce qu'il ne pouvait résister plus longtemps, ses lèvres se posèrent sur celles de Tim dans un long baiser sans fin. Le soulagement qu'il éprouva parut le délivrer d'un fardeau répressif d'une vie entière. Il se détacha de Tim et roula, face contre terre.

Tim fut le premier à se relever. Son premier geste fut d'allumer une cigarette. Ses lèvres eurent un petit sourire équivoque. Martin était rempli de honte. Le fardeau de toute une vie était encore là. Il se mit debout et se laissa tomber sur l'une des chauffeuses.

– N'allume pas.

– Très bien, comme tu voudras.

– Je regrette ce qui vient de se passer. Je ne sais pas ce qui m'a pris.

Martin essaya de regarder Tim dans cette pénombre rouge et de rencontrer son regard en parlant avec lucidité. C'était impossible.

– C'est ce gin. En fait, il est fabriqué pour les salles de garde et tu sais ce que sont les salles de garde.

– Je ne suis pas pédéraste ou homosexuel.

– C'était le gin, mon petit vieux.

Il s'était perché au bord de la table.

– Je me trompe peut-être, dit Martin à voix basse. Peut-être suis-je ainsi sans jamais m'en être rendu compte. Pourquoi y a-t-il tant de choses que j'ignore et ne comprends, pas, Tim?

– L'humanité avance toujours sur une mince couche au-dessus d'abîmes terrifiants. Je me souviens t'avoir dit cela avant que tout commence. Nous sommes tombés tous les deux au fond de cet abîme. Un point c'est tout.

Martin hocha la tête. Il était toujours embarrassé et honteux, mais une chaleur qui ne devait rien au radiateur l'envahissait lentement. Il aimait Tim, il le savait maintenant. Rien de ce que Tim avait fait n'avait d'importance. Il reprit :

– Cet appartement, celui où Francesca devait s'installer, tu peux le prendre si tu veux.

– Est-il à toi pour en disposer?

– Eh bien, je...

Légalement il ne lui appartenait pas et c'était l'aspect légal qui comptait.

– Je suppose que cet appartement reviendra à quatre personnes. Francesca avait un mari, un enfant et des parents. Lindsay aura droit à une part et Russel Brown héritera probablement la part la plus importante.

– Tim, je te donnerai...

Quoi? Il n'avait plus rien à donner.

– Je veux faire quelque chose. Nous avons tous les deux perdu Francesca, cela devrait nous rapprocher... qu'est-ce qui te fait sourire?

– Ta naïveté.

– Je ne vois pas ce qu'il y a de naïf à vouloir aider quelqu'un parce qu'on a l'impression qu'on le lui doit. Ecoute, je pourrais vendre mon appartement et acheter une petite maison. Tu pourrais y amener Lindsay et venir vivre avec moi... nous pourrions être amis, Tim.

– Crois-tu? Je t'ai blessé et nous n'aimons pas ceux que nous avons blessés.

Tim traversa la pièce et alluma le plafonnier. La lumière jaillit, claire, sans compromis. Il se retourna pour dire avec froideur :

– Je regrette ce que j'ai fait. Je le regrette amèrement, mais cela ne me fait pas t'aimer davantage. Jamais je n'accepterai de cohabiter avec toi. Et si tu m'offrais de l'argent, je le refuserais. Il tira sur sa cigarette et se mit à tousser. Il est temps que tu rentres chez toi. Je vais aller chercher Lindsay pour la coucher.

Martin se leva. Il avait l'impression d'avoir été souffleté.

– Est-ce tout? Nous sommes-nous tout dit?

Tim ne répondit pas. Ils se retrouvèrent dans le vestibule glacial et d'en haut, derrière une porte s'éleva une petite voix :

– Lindsay veut son papa.

Tim ouvrit la porte d'entrée.

– L'enquête a eu lieu aujourd'hui. On a conclu à un verdict de mort accidentelle. Francesca sera incinérée lundi à trois heures à Golders Green. Sont invités à la cérémonie tous ses maris, réels ou imaginaires, passés, présents et futurs.

Martin descendit les marches et gagna la rue sans se retourner. Il entendit la porte se refermer derrière lui.

Il était sept heures et quart. Il avait passé moins d'une heure avec Tim. Durant ces quarante-cinq ou cinquante minutes, sa vie entière, le passé aussi bien que le présent et l'avenir, avait changé. C'était comme si le monde avait brusquement basculé ou si, comme Tim l'avait dit, la fine couche avait cédé.

Une migraine lui enserrait les tempes. Il avait bu beaucoup trop de ce gin qui était probablement un produit frelaté. Cependant, il ne se sentait pas ivre, mais seulement malade et épuisé. Il avait l'impression qu'il ne pourrait jamais plus dormir.

Il resta longtemps assis à son volant dans Samphire Road. Il démarra finalement parce qu'il craignait que Tim ne sortît et ne le trouvât là et, même alors, il se gara presque machinalement, dans une des rues transformées en cul-de-sac par les démolitions.

La nuit était tombée et ces rues désertes n'étaient plus éclairées. Au loin, on apercevait quelques toits ponctués de points lumineux. Francesca avait vécu là.

210

Elle était partie de là chaque matin et y était retournée tous les soirs. Cela lui paraissait infiniment étrange. C'était une chose qu'il ne comprendrait jamais complètement. Elle était morte depuis près d'une semaine. Par sa mort, d'une certaine façon, elle était revenue à lui. Il n'y avait pas eu de trahison. Comment pouvait-il savoir ce qu'elle avait ressenti? Comment Tim pouvait-il être certain qu'en dépit des mobiles sordides qui l'avaient poussée à l'origine, elle n'avait pas changé à la fin et préféré le nouvel homme à l'ancien?

Il tirait une sorte d'amère satisfaction au fait qu'elle soit morte. C'est ce qu'il avait ressenti quand il avait commencé à comprendre. Il s'aperçut qu'il pouvait maintenant penser à elle avec une pitié pleine de tendresse. Ils n'auraient pu être heureux ensemble. En tout cas, pas pour longtemps, il s'en rendait compte. Il apprenait enfin à se connaître.

Sa migraine ne s'améliorait pas en restant là. Si l'endroit avait été plus agréable, moins sinistre, il aurait pu se promener afin de s'éclaircir les idées car la soirée était douce avec cette indéfinissable senteur dans l'air, annonciatrice de printemps. Il remit la voiture en marche et s'en alla.

Arrivé dans une grande artère, une femme traversa devant lui dans le passage clouté. Il freina et attendit plus longtemps que nécessaire. Il songea à la façon dont Francesca était morte. Qui avait pu faire une chose pareille? Renverser quelqu'un et s'enfuir sans prêter secours à l'accidentée? Il avait fallu une nuit et un jour à Francesca pour mourir. Il ne put réprimer un frisson. La police retrouverait le coupable. Elle serait sans merci envers le chauffard. Martin s'avisa qu'il n'aurait pas dû conduire. Il avait trop bu, bien au-delà de la limite permise. Le meurtrier de Francesca avait peut-être trop bu, lui aussi. L'horreur de son acte l'avait peut-être dégrisé et la peur l'avait poussé à fuir.

Martin gara sa voiture devant Cromwell Court, entre une Volvo rouge et une camionnette grise. La Volvo appartenait à un médecin qui habitait au rez-de-chaussée. La camionnette était probablement à quelque ouvrier, bien que Martin eût la vague impression de l'avoir déjà vue récemment dans des circonstances dont il ne se souvenait pas. Cela n'avait pas la moindre importance.

Il traversa l'espace cimenté et gagna la porte de l'immeuble, conscient que quelqu'un était descendu de la camionnette et le suivait à une certaine distance.

Il laissa la porte de l'immeuble se refermer et se dirigea vers l'escalier, regrettant pour la première fois qu'il n'y eût pas d'ascenseur, comme à Swan Place. Devrait-il demander à Adrian de plaider contre la famille de Francesca pour récupérer cet appartement ? Avait-il la moindre chance de succès ? Du moins, pensa-t-il en gravissant les dernières marches du troisième étage, il pourrait maintenant faire part à ses parents et à Adrian de la triste nouvelle : Francesca était morte.

Les pas légers et réguliers qu'il entendait derrière lui se rapprochaient. Le conducteur de la camionnette devait se rendre dans un des deux appartements du troisième étage. Martin arriva devant sa porte. Il mit la clé dans la serrure.

Au même instant, il entendit quelqu'un tousser derrière lui. Cela le fit sursauter. Il se retourna. A un mètre de lui, vêtu d'un pull-over jaune, coiffé d'un chapeau de laine grise se tenait Finn. Martin n'avait jamais remarqué jusque là ses yeux extraordinaires.

212

Ils étaient gris argent. L'homme aux yeux gris argent.

– Eh bien, eh bien, dit Finn, je vous attends depuis longtemps.

Avant que Martin ait pu l'en empêcher, il entra dans le vestibule.

CHAPITRE XX

L'appartement était chaud et sentait le renfermé. Le soleil avait brillé une grande partie de la journée sur cette grande baie vitrée. Il était rare que Finn allât chez quelqu'un. Il pouvait compter sur les doigts d'une seule main le nombre de fois où cela s'était produit. Deux fois chez Mr. Beard, une fois chez Mrs. Gogarty, trois ou quatre fois dans des chambres de filles.

Il regarda autour de lui, plus intéressé par la disposition des pièces et la peinture, en professionnel. Il retira son bonnet de laine, mais garda ses gants.

Martin Urban prit une bouteille de cognac. Il semblait pourtant avoir bu suffisamment. Il sentait le gin. Finn se rendait compte que quelque chose l'avait effrayé ou inquiété. Il voyait ses mains trembler.

— Cognac? Il n'y a plus de whisky, mais j'ai de la vodka ou du Martini.

— Je ne bois pas, répondit Finn.

Martin se retourna :

— Excusez-moi pour l'argent, j'ai été très occupé et je crains de ne pas avoir pensé à vous. Je peux vous remettre un chèque tout de suite, mais je crois que vous préférez de l'argent liquide.

Finn ne répondit pas.

– Asseyez-vous. Je regrette que vous soyez venu jusqu'ici pour rien. Vous auriez dû me téléphoner.

Martin s'assit et but son cognac d'un seul trait, comme un médicament. Finn le regarda avec curiosité. Il n'allait pas s'asseoir. C'était inutile.

– Je ne suis pas venu pour rien, dit-il.

– Sans doute, dit Martin en se servant un peu plus de cognac, puisque vous m'avez rappelé ma promesse. Je pourrai vous donner l'argent la semaine prochaine. Retirer une somme aussi importante n'est pas aisé. Il faut d'abord que je téléphone à ma banque. Ensuite...

– Vous pouvez vous en occuper lundi matin. Je ne veux pas que vous me l'envoyez comme la dernière fois. Mettez le paquet dans votre voiture, sur le siège avant et laissez votre voiture garée devant le *Palace*.

– Le *Palace*? répéta Martin.

– Le *Palace Alexandra*. Avez-vous compris? Mettez l'argent dans un porte-document sur le siège avant de votre voiture et laissez là entre une heure et deux heures lundi. Entendu?

Martin Urban était devenu rouge. Ses yeux brillaient de colère. Il posa son verre et se leva pour déclarer avec calme.

– Non, ce n'est pas entendu. Ce n'est pas entendu du tout. Pour qui vous prenez-vous, à la fin, pour venir me dire ce que je dois faire de mon propre argent? Vous êtes bien tous les mêmes! Vous vous figurez que ceux qui possèdent un peu plus d'argent que vous doivent faire quelque chose. C'est par pure bonté d'âme que je donne la possibilité à votre mère de vivre dans un endroit décent. Mais que le diable m'emporte si je dois renvoyer un rendez-vous important lundi matin pour aller à la banque et me priver de

ma voiture pendant une heure. Pourquoi le ferai-je?
Pourquoi diable le ferai-je?

Finn pensa que l'homme allait tomber. Il le vit saisir
le dossier d'une chaise et s'y accrocher comme à une
bouée de sauvetage. Au bout d'un moment, il exhala
un long soupir. Il parut avoir suffisamment repris le
contrôle de lui-même pour se diriger vers le balcon.

– Mieux vaut que vous partiez, maintenant. Excusez-moi. J'ai besoin d'air.

Martin Urban sortit sur le balcon. Finn l'observa
tandis qu'il regardait Londres, puis le ciel clair. Une
minute s'écroula, puis Martin rentra, apparemment
rasséréné. Il se tint debout, regardant avec une expression chagrine un gros cactus posé devant la fenêtre.
Sans se retourner, il dit à Finn :

– Je croyais vous avoir dit de vous en aller.

Finn ne répondit pas à cette question. Il dit :

– Je ne veux pas que vous m'envoyez l'argent.
Est-ce compris? Je ne veux pas que des gens soient au
courant.

– Au courant de quoi, Dieu tout puissant?

Martin Urban se retourna et dit avec colère :

– Je suis fatigué de tout cela. J'ai eu une mauvaise
journée. Si je ne vous avais pas promis cet argent et si
je n'aimais pas manquer à ma parole, vous n'auriez
rien. Vous prendrez un chèque ou rien du tout.

– Eh bien! Eh bien! fit Finn, maintenant nous
savons où nous en sommes.

– Effectivement. Et quand tout sera terminé, j'es-
time que je vous aurai fait une grande faveur à vous et
à votre mère.

Il s'approcha de son bureau et fouilla dans un tiroir
pour y prendre son chéquier.

– N'ai-je pas fait quelque chose pour vous?
demanda Finn.

216

Sans le regarder, Martin Urban répondit :

– Et quoi donc, je vous prie, sinon vous être montré parfaitement odieux? Qu'avez-vous jamais fait pour moi?

Il commença à libeller le chèque. Finn s'approcha et posa lourdement sa main sur le bras de Martin. Celui-ci sursauta et cria :

– Ne me touchez pas!

Finn maintint sa prise et le dévisagea. Cette figure carrée, un peu bouffie, était à la fois indignée et pleine de ressentiment. On y lisait aussi un certain étonnement.

– Vous ne l'avez pas appris, constata-t-il. Ce n'était pas dans le journal. Eh bien, cela a été fait, samedi soir.

Martin Urban se débattit pour se libérer. Finn lâcha prise.

– Comment osez-vous porter la main sur moi et de quoi diable parlez-vous?

C'était étrange, mais maintenant que Finn devait en parler, il avait de la difficulté à trouver ses mots. Il regarda autour de lui et toussa pour s'éclaircir la gorge.

– Samedi dernier, j'ai liquidé cette fille comme vous le vouliez. Martin Urban resta immobile.

– *Qu'avez-vous dit?*

– Vous avez bien entendu.

– Samedi dernier...

– J'ai liquidé cette fille comme il était entendu que vous me paieriez pour le faire. C'est fait. Maintenant, je veux mon argent.

Le son que Martin Urban émit fut une sorte de grognement semblable à ceux que poussait Lena. Il se laissa tomber sur le sofa en se prenant la tête entre les mains. Finn le regarda se balancer d'avant en arrière; il mit ses poings sur ses yeux et paraissait avoir de la difficulté à respirer. Finn s'éloigna d'un pas et s'assit sur une chaise à haut dossier, comprenant maintenant qu'il avait commis une erreur. De petits détails lui revenaient et se mettaient en place comme dans un des puzzles chinois de Lena.

– Donnez-moi un peu de cognac.

Finn versa l'alcool et tendit le verre à Martin qui en avala le contenu en frissonnant, puis il demanda avec une sorte de sanglot dans la voix :

– Etiez-vous... dans cette voiture... qui ne s'est pas arrêtée ?

– Je vous l'ai dit.

– Que vais-je faire, Seigneur ? Que vais-je faire ? Comment avez-vous pu croire que je vous payais pour faire cette sale besogne ? Quelle sorte de monstre êtes-vous ?

Il se leva en tremblant de la tête aux pieds, ses mains pressées contre sa tête.

– Je l'aimais. Elle m'aimait. Nous allions nous marier et vous...

Il se tourna vers le recours suprême de l'homme moderne, le téléphone. Il fit un pas incertain dans cette direction. Finn le prit par surprise et arracha les fils. Et maintenant, qu'allait-il faire ? Il n'avait qu'un seul moyen de s'assurer que Martin Urban ne parlerait jamais à personne de cette tragique méprise.

Se balançant toujours d'une jambe sur l'autre, celui-ci regardait Finn comme s'il était hypnotisé. Finn le tenait sous son regard. Des gouttes de sueur perlaient sur son front. D'une façon ou d'une autre, il devait obliger Martin Urban à sortir d'ici, à monter dans sa voiture et à l'accompagner dans un endroit désert...

Martin Urban laissa retomber ses bras. L'attaque fut

tout à fait inattendue. L'instant d'avant, il se tenait au milieu de la pièce, les bras ballants et brusquement, il bondit sur Finn, les poings brandis comme des marteaux. Finn recula. C'était la première fois de sa vie qu'il était attaqué par quelqu'un. Il feinta et se concentra avec une force telle qu'il fit chanceler son adversaire, puis il bondit à son tour avec une souplesse de panthère. Martin Urban esquiva un coup et trébucha sur le balcon. Londres brillait au loin comme une carte postale pour touriste. Finn se dressa dans l'encadrement de la fenêtre, les bras écartés. Et l'homme qui lui avait donné cinq mille livres dans un sentiment d'altruisme que Finn ne pouvait seulement imaginer, s'appuya contre le parapet, le visage convulsé par la colère avec un désir passionné de vengeance. Il sauta encore en avant, abusé peut-être par l'apparente minceur de Finn.

Mais ce dernier réagit une fraction de seconde avant lui. Il frappa de son bras droit plus fort que la première fois. Il se passa, alors, quelque chose d'étrange. Martin Urban leva les bras au-dessus de sa tête, dans un geste de défense. Il recula en chancelant, parut tituber et heurta le parapet derrière lui. Finn vit ce qui allait arriver et sauta pour attraper l'homme avant qu'il ne tombât. Il sauta trop tard. Martin Urban entra en contact avec le mur, perdit l'équilibre, bascula dangereusement en arrière avec un cri étouffé et tomba.

Douze mètres plus bas on ne voyait qu'un trou noir. Au rez-de-chaussée, il y avait une terrasse cimentée qui donnait accès aux sous-sols. Finn se pencha pour regarder. Aucune fenêtre ne s'ouvrit, personne n'apparut, personne n'avait été alerté par le bruit sourd du corps heurtant le sol.

Finn revint à l'intérieur et ferma la fenêtre. Il

éteignit les lumières et écouta derrière la porte d'entrée. Il n'y eut ni bruit de pas, ni porte qui s'ouvrait.

Il avait eu tort de fermer la fenêtre. On pourrait croire à un suicide, rendu encore plus plausible par la mort de la femme que Martin Urban aimait et allait épouser. Finn revint ouvrir la fenêtre.

Il ne toucha pas au verre de cognac. Un homme qui va se suicider peut boire un cognac pour se donner du courage. L'ironie de la situation frappa Finn tandis qu'il se dirigeait vers la porte : En ce moment, en cet endroit, il courait de plus grands risques après la mort accidentelle de cet homme que lorsqu'il avait commis ses meurtres précédents.

Quand il se fut assuré que tout était tranquille, il se glissa silencieusement hors de l'appartement et tira doucement la porte derrière lui. Il descendit très vite l'escalier sans rencontrer personne. La camionnette l'attendait dans le parking désert. Crowell Court était également désert, à l'exception des lumières qui brillaient si paisiblement à la plupart des fenêtres.

Cependant, ce n'était qu'une question de temps, avant que le corps ne soit découvert. Il devait s'en aller sans traîner, sans céder à la tentation de revenir regarder dans cette courette pour surveiller quelle lumière s'allumerait quelle porte s'ouvrirait pour révéler le corps étendu là.

Il résista. En traversant Dartmouth Hill, il entendit une sirène. Mais il était impossible de deviner si l'ambulance avait été appelée pour Martin Urban. Il pouvait aussi bien s'agir d'un car de police.

Finn ramena sa camionnette au garage de Somerset Grove et revint à pied dans les rues silencieuses.

La maison sentait le cannabis et la boîte à ordures. Il éprouvait un sentiment de confiance et de satisfaction. Cette fois, cela avait été vraiment un accident. Il pouvait faire face à Lena. Il était impossible de deviner que Martin Urban ne s'était pas trouvé seul dans son appartement. Personne ne connaissait le moindre lien entre lui et Martin Urban. Il était certain que personne ne les avait vus ensemble. Cependant, Martin Urban était maintenant hors d'état de nuire aux intérêts de Finn. Il avait emporté avec lui le secret de l'erreur commise par Finn.

La perruche fit entendre un cri quand il entra dans la pièce. Mrs. Gogarty, qui lisait l'avenir à l'aide des tarots, se leva et jeta un châle sur la cage.

– Eh bien! Eh bien! dit Finn, nous sommes confortablement installées.

Il retira ses gants, les mit dans sa poche et prit la main de Lena. Cette main était aussi transparente qu'une patte d'insecte. Son regard inquiet rencontra les yeux d'argent et elle sourit.

– L'image même de la dévotion! s'écria Mrs. Gogarty avec admiration. Elle étudie les cartes étalées devant elle.

– Il y a beaucoup de mort ici, reprit-elle.

Au-dessus de la tête de Lena, Finn lui lança un regard d'avertissement.

– Ah!

Elle mélangea les cartes et la carte de mort, représentant le scorpion, la mort enveloppée d'un manteau chevauchant un cheval pâle, revint sur le dessus. Elle la recouvrit avec la Reine.

– Il y a de l'argent ici, ma chérie, beaucoup d'argent, mais... attendez... Non, il ne vient pas vers vous. Vous serez déçue.

La main qui tenait celle de Lena devint froide. Finn se pencha :

– Que dites-vous?

– Je vois une déception à propos d'argent... pourquoi me regardez-vous ainsi?

Finn voyait non les cartes que Mrs. Gogarty tenait dans ses mains, ni le visage de Lena, rempli d'appréhension, mais un chèque posé sur un bureau dans l'appartement fermé de Martin Urban. La date y avait été inscrite... et le NOM?

Les yeux effrayés des deux femmes sur lui, il se redressa en tremblant dans la petite pièce, écoutant le son lointain d'une sirène qui traversait l'obscurité, bruit avant-coureur de celui qui résonnait en lui.

IMPRIMÉ EN FRANCE PAR BRODARD ET TAUPIN
58, rue Jean Bleuzen - Vanves - Usine de La Flèche.
LIBRAIRIE GÉNÉRALE FRANÇAISE - 14, rue de l'Ancienne-Comédie - Paris.

ISBN : 2 - 253 - 03892 - X   ◈ 30/6190/0